Schulz & Edward
「無能な皇子と呼ばれてますが
中身は敵国の宰相です③」

無能な皇子と呼ばれてますが中身は敵国の宰相です③

夜光　花

キャラ文庫

この作品はフィクションです。
実在の人物・団体・事件などにはいっさい関係ありません。

目次

口絵・本文イラスト／サマミヤアカザ

◆1　違和感の正体

スザンヌ・ド・ヌーヴはサーレント帝国の皇女として生を受けた。

サーレント帝国の皇帝はマクシミリアン・ド・ヌーヴ。暴君で女好きと言われている。スザンヌの母親は第二側室のミレーヌ妃で、伯爵家の出だ。

スザンヌは幼い頃から母親に女帝になる道をほのめかされてきた。

現皇帝であるマクシミリアンにはまことしやかに流れている噂《うわさ》がある。それは男児を生《な》せない呪いだ。前皇帝である兄が死ぬ間際に呪いをかけただの、前皇帝のお抱え魔女が呪いをかけただの、真実かどうか分からない話が皇宮内には流れている。実際、マクシミリアンには第四側室までいて、側室の子どもは九名もいるが、すべて女児だった。唯一の男児は皇后の産んだ一人息子のベルナール皇子《おうじ》だが、この子どもは前皇帝が存命中に生まれていたので、呪いを受けなかったと言われている。

皇帝の子どもが十名もいるのに、男児はたったの一人。

しかもこの男児は、非常に出来の悪い子どもだった。幼い頃より気が弱く、武術の才も芸術の才もなく、かろうじてあるのはそよ風を作れる風魔法の力のみ。愚鈍で使い物にならない無能皇子と誹《そし》られ、哀れに思ったのか皇后は溺愛するばかり。成長するにつれ、ベルナール皇子が次期皇帝でこの国は大丈夫だろうかという風潮になったのは当然だ。

ミレーヌ妃は早くからそれを見極め、スザンヌを次期女帝にするために動き出していた。皇女が学ぶべき学問以外にも君主論を学ばせ、実力ある貴族を取り込んできた。帝国法で皇帝の座を継げるのは男子のみとなっていたにも拘《かか》わらず、ミレーヌ妃はベルナール皇子ではなくスザンヌを誰よりも尊い存在にさせると決めていた。

「お前は女帝になるのよ」

二人きりになると、ミレーヌ妃はそうスザンヌに囁《ささや》いた。スザンヌは自分が女帝になりたいかどうか分からないまま、自分はそうあるべきと心に刻み込まれた。兄であるベルナール皇子に対する愛情は持てず、自分のほうが明らかにその資格があると確信した。

自分の母親が目的のためには手段を選ばない人であると知っていた。その母が女帝になれというなら、自分はそうなるのだろうと思っていたし、兄であるベルナール皇子は一人で歩くのも億劫《おっくう》になるほど太り、部屋に引きこもって出てこない。もしベルナール皇子が活発な人物だったら母は暗殺を企《たくら》んでいただろうから、スザンヌとしても兄がひきこもりになってくれてホッとした。

母に半ば洗脳されて女帝になる道を目指したスザンヌだが、自分にもこの国の頂点に立って変えたいことがあった。この国では女性の地位は低く、皇女といえど魔法も使えない自分の発言権は低い。スザンヌはそれを変えたかった。頭脳でなら同年代の男性には負けない自信があるのに、女性というだけで重要職に就けないのは納得がいかない。

今は無理でも、皇帝に万が一のことがあった時には、自分が女帝となりたい。

そんな夢を抱え、スザンヌは日々を過ごしていた。問題は自分が婚期に差し掛かっていることだ。帝国法によると皇女は他家と婚姻した時点で皇位継承権を失う。女帝になる道を閉ざされてしまう。

ミレーヌ妃はスザンヌがどこかに嫁がされる前にベルナール皇子を亡き者にしようと目論《もくろ》んでいた。スザンヌはそれに気づきつつ、見て見ぬ振りをして過ごした。積極的に暗殺を手伝うことはできないが、愚鈍な義兄が死のうとどうでもよかった。けれどベルナール皇子を暗殺するのは思ったよりも難しいことだったらしい。何しろ部屋から出てこない上に、ほとんどのメイドを辞めさせ、スーというメイドだけに身の回りのことをさせていたので、食事に毒を入れることもできない。

そんな矢先、思いがけない事態が起きた。

ベルナール皇子が雷に打たれたのだ。

それまでは部屋に引きこもっていた癖に、何を思ったか雨の日に庭に出て、落雷に遭ったという。当初は天罰と妹たちと笑い、これで女帝への道が確かなものとなったと確信した。だが、恐ろしいほどに生命力のあるベルナール皇子は、雷に打たれたというのに無傷で、それ以来人が変わったように頭角を現し始めた。

「信じられない、あの豚皇子が……っ」

太っていたベルナール皇子が見違えるような麗人に変わり、数々の変革を遂げると、母はグラスや皿を壁に叩《たた》きつけて怒りを露《あらわ》にした。表では感情を抑えるようにしている母だが、身内だけになると攻撃的な一面を見せる。一緒にお茶を飲んでいた妹のベロニカとジェシーも母の怒りに身を震わせている。

「お母さま、落ち着かれて下さい」

スザンヌもベルナール皇子の変わりぶりには驚愕《きょうがく》していて、母を宥《なだ》める手にも力がこもらなかった。これまで雑草でしかなかったのに、突如美しい花を咲かせたのだ。未《いま》だに無能な兄のイメージがこびりついていて、戸惑うばかりだった。

「まさか無能な豚皇子が帝位を狙う真似《まね》をするとは思わなかった……。こうなったら、即刻排除するしかないわね……。これ以上有力な貴族が取り込まれる前に……」

母はゾッとするような表情で虚空を見つめ、誰かに聞かれたら一大事の話を漏らす。強引にでも手を打っておくべきだったと母は後悔しているようだ。

「もしかしたら、今までのあの態度は私たちを騙《だま》すための芝居かも知れない……。お前たち、決してベルナール皇子を信用してはならないわ」

母は次女のベロニカと三女のジェシーの肩を痛いほど掴《つか》んで言う。母が怒り心頭なのは、隣国であるアンティブル王国と帝国の、婚姻による和平の件だ。皇女は九名いるものの、婚期に差し掛かっている者は少ない。婚期に差し掛かったスザンヌはその中でも有力視されている。

「スザンヌ、お前は絶対に隣国の王子に気に入られないようにするのよ」

母はこれまでの苦労が水の泡になると言って、何度もスザンヌに言い含めてきた。言われなくても自分が男性に好意をもたれる性格ではないのを自覚していたので、あまり案じていなかった。

ベルナール皇子は有能な一面を見せ、次々と存在を見せつけてくる。スザンヌがあれほど参加するのに苦労した国政会議にすんなり加わり、よく回る舌で新たな道を切り開く。

(母は私を女帝にしたがっているけれど……、私には無理かもしれない)

激変したベルナール皇子の姿を見ているうちに、スザンヌは明らかな差を感じ始め、今まで迷わずに進めていた足を止めてしまった。

それくらい、ベルナール皇子に皇帝となるべき資質を感じたのだ。自分にはない、他者へアピールする魅力、決断力、思考力、どれをとっても負けているのが分かった。信じられないことに、ベルナール皇子の行動を見ていると、ついていきたくなるというか、その補佐をしたいとさえ思うようになった。確固たる信念で動くベルナール皇子には言葉では言い表せない惹《ひ》きつける力があって、それらは自分に足りないものだった。

小さい頃から真面目で勉強家であると褒められたが、スザンヌには柔軟性が足りない。自分の考えに固執してしまうし、誰でも受け入れる度量はない。上に立つ者の要素として必要な『何か』が欠けていると己でも気づいていた。

(仮に私が女帝になったとして、どれほどの人がついてきてくれる？)

ベルナール皇子の元に辺境伯やアルタイル公爵という実力のある貴族が吸い寄せられるのを見て、スザンヌは絶望を感じた。そのせいだろうか。隣国アンティブルから来たアーロン・ド・クラーク王子に対して、母が言うほど尖《とが》った態度をとれずにいた。

ダリア宮の庭で、スザンヌはアーロン王子とお茶をした。花嫁を探しに来た王子と、どの皇女も一度は二人きりでお茶をする義務があった。

「スザンヌ嬢、読書家と聞いておりますが、マーベルクの書はお読みになられたかな？　キャッサンドラの書は？」

最初スザンヌは相槌《あいづち》だけですまそうと考えていた。だが、アーロン王子の語りかける言葉は、帝国の貴族男性からはついぞ出てこないものだった。

「もちろんどちらの方の書物もすべて目を通しております」

アーロン王子は見目もよく人好きのする好男子だった。その上、書に対する造詣も深い。黙っていようと思っていたスザンヌも、矜持《きょうじ》をくすぐられ、つい口を開いた。

「おお、さすがは帝国一の才女と呼ばれる方ですね。俺はキャッサンドラの理論は少し大衆よりではないかと考えていますが、スザンヌ嬢はどのようにお考えで？」

アーロン王子に楽しそうに言われ、スザンヌは我が意を得たりと書への感想を語った。楽しかった。男性と同じ目線で学問について語れるのが、嬉《うれ》しくて仕方なかった。ひと時はこれが婚姻に繋《つな》がる時間というのを忘れ、学問や政治、気候変動のことまで語り合った。アーロン王子は軽そうに見えるが王子教育を受けているので、頭もいい。こういう友人がいたら自分はもっと柔軟でいられただろうかと考えたほどだ。

「スザンヌ嬢。俺の夢はね。共白髪になってもこうしていろんな話を語れることです。王子妃は社交さえしていればいいという考えの奴《やつ》もいるけど、俺はあらゆる話を奥方と楽しみたい。あなたのような賢い方を国へ連れ帰れたら、これ以上ない喜びでしょう」

一度目の会話の時間の最後に、アーロン王子は微笑《ほほえ》みを浮かべて言った。とたんにスザンヌはすっと体温が下がるのを感じた。母に嫌われろと言われていたのに、楽しくて会話に耽《ふけ》ってしまったと気づいたのだ。こんな女性を好きになる貴族男性などいるわけがないと思い込んでいたのが敗因だ。

「そうですか」

スザンヌは動揺を悟られまいと、そっけない返事をした。プロポーズとも取れる言葉をはっきりと拒絶するのはマナー違反だが、自分がそれを喜んでいないと伝えることで、アーロン王子の気持ちが冷めるのを期待した。

と笑う。

「ふふ。そういう冷たい感じも俺は好きだなぁ」

アーロン王子はめげた様子もなく、陽気な口調だ。呆《あき》れて見返すと、アーロン王子がにやり

侍女と騎士が少し離れた場所からスザンヌとアーロンのお茶会を見守っている。この状況を侍女が母に告げ口したらどうしようと気ばかり焦った。

二日後、アーロン王子は二度目の茶会を希望してきた。婚姻する皇女候補は三名に絞られ、結局スザンヌはアーロン王子の花嫁に決まった。

「何で選ばれてしまったの！　この愚か者が！」

スザンヌが嫁ぐと決まった夜、母は寝間着姿のスザンヌの背中を鞭《むち》で打った。怒りを収めるためには受け入れるしかないと耐え抜いた。こうならないように手を打とうとしたのだが、第一皇女のアドリアーヌが皇帝に斬られるという事件が起きてしまい、ミレーヌ妃も事を起こすのを躊躇《ちゆうちよ》した。アドリアーヌが馬鹿をやったせいだ。しかも母は少し前にベルナール皇子を毒殺しようとして失敗している。これ以上動くのは危険だった。

「ああ、私の野望が……っ、お前が駄目なせいで！　何もかも台無しよ！」

母は泣きながらスザンヌを打ち、憎悪をたぎらせた。隣国の王子に嫁ぐことでスザンヌの女帝への道は完全に閉ざされた。鞭打たれ、ぼろぼろになって倒れているスザンヌに、母は恐ろしい形相で迫ってきた。

「お前が死ねば……、婚姻の話は消えるのかしら……」

　鬼気迫る表情で首に手を伸ばしてきた時は、スザンヌはこのまま死ぬのもいいかもしれないとさえ思った。皇帝から、「頃合いを見て、アーロン王子を殺せ。それが嫌なら、別の王族でもいいぞ」と囁かれたのが頭を過《よぎ》ったのだ。

「戦争を起こす大義名分があればなぁ」

　皇帝は血を見たいのか、下卑た表情で笑っていた。嫁いでも地獄が待つなら、いっそこのまま母の手で死んだほうがいいと思った。

「おやめ下さい、母上！」

　それを止めたのは、心配して駆けつけた次女のベロニカだった。ベロニカは泣きながらスザンヌの身体に覆い被《かぶ》さり、母に向かって叫んだ。

「どうか、お姉さまをお許しになって！　私が、私が代わりに女帝を目指しますから！」

　ベロニカは顔をぐしゃぐしゃにして訴える。その一言で母は我に返り、冷静さを取り戻した。

「そう……そうよね、私にはまだ娘がいたんだわ。出来の悪い長女のことは忘れましょう」

　うっとりした表情でベロニカを眺め、母が目に光を取り戻す。床に倒れたままスザンヌは、涙を流した。今までずっと「出来のいい子」と言っていた口で、正反対の言葉を告げたのだ。

　結局自分は母に愛されて女帝への道を示されたわけではなかった。母にとって都合のいい子どもだっただけ。

「お姉さま……お姉さま……」

ベロニカは鞭打ちの痕で血だらけのスザンヌにすがりつく。衣服は破れ、肌は赤く火照り、血が滲《にじ》んでいる。みっともない姿だと他人事《ひとごと》のように感じた。

「ごめんね……ベロニカ……」

ベロニカは女帝になるような性格をしていない。男性の後ろにいるほうが好きな、政治とは縁のない子だ。そんな子に、これから母の重荷を背負わせるのかと、胸が苦しかった。

身体《からだ》の痛みより、心の痛みが重かった。この先、どうなってしまうのだろうと未来への展望が抱けなかった。

アンティブル王国へ嫁いだ日、それはスザンヌにとって新たな人生の始まりだった。

不思議なことに、サーレント帝国を出るまではあれほど重苦しかった頭が、国境を越えた時からどんどん楽になっていた。

（これはどういうこと？）

たかが国境を越えただけで、意識に変化が現れた。何故《なぜ》あれほど皇帝を恐れていたのか分からなくなり、何故母の言葉は絶対だと考えていたのか分からなくなった。

アンティブル王国に嫁いでも、きっと王妃や王女は自分を邪魔者扱いして冷酷な態度をとるに違いないと思っていた。王族というものは排他的な生き物だ。自分たちの権力が絶対だから、皇女である自分を虐げるに違いない。そう思っていたのに、アーロンを始め、王妃も王女も自分に優しい。利己的な権力主義者である母しか知らなかったスザンヌにとって、アンティブル王国での暮らしはありえないほど快適だった。

（どうして私なんかに優しくするの？　私は皇帝の娘よ？　過去の恨みがあるはずなのに）

サーレント帝国とアンティブル王国は過去に戦争を起こし、それに伴う犠牲者も数多く出ている。ふつうなら石を投げてもおかしくないのだ。それなのに、王家の人々はスザンヌを受け入れてくれた。

『皇帝の命令を聞く必要はない。お前が頼るべきは夫であり、この国だ』

去り際に自分に耳打ちしていったベルナール皇子の言葉が蘇《よみがえ》る。日が経《た》つにつれ、あの言葉はスザンヌの心の中に浸透していった。ベルナール皇子の言う通りだ。どうして自分が皇帝の命令を聞かねばならない？　聞いたところで自分に利点はない。むしろ事が発覚したら、処刑されるだけだ。

（私は皇帝の命令は絶対だと思い込んでいた。そこに理由などない。そうするのが当たり前だと思っていたのだ）

ベルナール皇子は『皇帝は俺たちを従える加護の術を使っている』と言っていた。あの言葉は本当だと、今なら分かる。自分が隣国へ嫁いだせいか、あるいは国を離れたせいかは不明だが、今の自分にその術は及ぼされていない。

（私は何と愚かだったことか）

母という妄執から離れ、皇帝という絶大なる権力から離れ、ようやくスザンヌは自分を取り戻した。自分がするべきことは、アンティブル王国で己の地盤を築くこと。幸いなのは夫であるアーロン王子は妻が力を発揮することを嫌がっていない。むしろ喜んで力を貸してくれるだろう。

未来への展望が開けた一方で、スザンヌには気になっていたことがあった。

義兄であるベルナール皇子に関してだ。確かに姿形は義兄であったが、どうしても疑惑が拭えない。雷に打たれて過去の記憶がおぼろげと聞いているが、それにしては知識がありすぎるし、以前のベルナール皇子とは違いすぎる。

「スザンヌ様、面白い話を耳にしました」

ある晴れた日の午後、アーロンに贈る刺繡《ししゅう》をしていたスザンヌのところに、侍女であるリュシーが楚々《そそ》と近づいてきた。リュシーは男爵家の出身で、帝国からスザンヌと一緒に来てくれたもっとも信頼できる侍女だ。

「ベルナール皇子ですが、この国に滞在中に、予定にない行動をとったそうです。何でもこの国の宰相であるリドリー・ファビエルという伯爵の家へお触れもなしに押しかけたとか」

リュシーには義兄に対する疑惑を打ち明けていたので、ひそかに情報を探ってもらっていた。リュシーの話によると、少ない滞在の中、ベルナール皇子はアーロン王子と共に神殿へ訪れた。その後何か諍《いさか》いを起こしたらしき情報があり、アーロン王子とベルナール皇子は別行動をとったという。

「宰相……？　そういえばこの国には若き宰相がいたわね。でも病気とかで、今は補佐が行っているようだけど」

国の中枢を担う職に当たっている者とは、ひととおり挨拶をした。アンティブル王国の宰相は現在身体を壊し、療養中だと聞いている。宰相補佐のケヴィンという男が、現在その役を担っている。

「おかしいわね。どうして義兄がこの国の宰相と面識があるの？」

リュシーの情報には不可解な点が多かった。そもそも引きこもりだったベルナール皇子がアンティブル王国に知り合いがいるはずがない。ましてや宰相という立場の人間と知り合いなんて、ありえない。

「切れ者と名高い宰相と聞くし、もしかしてひそかに帝国の皇子と通じていたのかしら？」

スザンヌは刺繍の手を止めて考え込んだ。

「まさかベルナール皇子は、これまでわざと無能なそぶりを……？」

リュシーが恐ろしげに身を震わせる。スザンヌも空恐ろしくなった。皇帝に睨《にら》まれていたベルナール皇子が、皇帝の怒りを買わないために引きこもっていたのは容易に想像できるが、だからといってわざと愚鈍に見せかけていたとはどうしても思えない。そもそもそんな真似をする必要がない。ライバルとなりうる他の男子後継者がいたなら分かるが、男子はベルナール皇子だけだったのだ。

逆に考えると、アンティブル王国の宰相なら、ベルナール皇子に近づく理由は読み取れる。次期皇帝の座に就きそうな皇子を取り込み、両国間の関係をよくするのもいいし、ひそかに暗殺して内紛を起こすのもいい。だが、長い間、両国間は国交断絶していて、近づくのは容易ではなかったはず。引きこもっていたベルナール皇子とは皇女である自分でさえ会うのが大変だったのに、ましてや他国の者が会うなど不可能だ。

「謎ね……。その宰相とやらに会えないかしら？　見舞いと称してでもいいから」

理由は不明だが、療養中の宰相に興味が湧いた。早速宰相の屋敷へ見舞いに行けないかと陛下に打診してみた。

すると思いがけない方向から、それは却下された。

「スザンヌ。申し訳ないが、リドリーは今、人と会えるような状態ではないんだ」

話を聞きつけたアーロン王子が、申し訳なさそうに言ってきたのだ。夜が更け、スザンヌの寝室へ入ってきたアーロンは、ベッドに座ってそう告げた。

「まぁ。それほどに重体なのでしょうか？　でも聞いた話では、お義兄様もお会いになられたそうですね？　でしたらこの国に嫁いだ私も挨拶をすべきではありませんか？」

アーロン王子の表情を探りながらスザンヌは言った。とたんにアーロン王子は頭を掻《か》き、困ったなぁと呟《つぶや》いた。アーロン王子は身内の前では素を隠さない。スザンヌに対しては驚くくらい最初から本心を見せてきた。そんなアーロン王子に惹かれないわけがない。最初は忌々しいと思っていたが、今では尊敬する夫として愛情を抱いている。

「何か隠しておりますのね？」

スザンヌはそっとアーロン王子に寄り添って、顔を近づけた。本当に隠すつもりなら、アーロン王子は疑惑を微塵《みじん》も出さずにいるはずだ。けれど今のアーロン王子は、話してもいいのではないかという気持ちが半分、言ってはいけないという気持ちが半分ある。

「うーん……。俺は君を信頼しているから話してもいいと思うのだが、ある人物から止められていてね。それでは、どうだろう？　君が国から持ち込んだ秘密を一つ明かすというなら、宰相のところへ案内するよ」

アーロン王子はいいことを思いついたと言わんばかりに、手を打った。すっとアーロン王子の瞳が鋭く光り、まるで自分の心の中を覗《のぞ》き込むように見つめてきた。

「まぁ、秘密など……私が昔、お転婆だった話でもしようかしら」

スザンヌははぐらかすように微笑んだ。アーロン王子もそれに合わせて笑うかと思ったが、にこりともせず、じっとスザンヌを見る。

その視線の意味をスザンヌも理解した。アーロン王子はこう言っているのだ。皇帝に命じられた秘密があるだろうと――。その秘密を口にしない限り、我々は真の夫婦になれないと。

スザンヌは笑みを消して、息を整えた。皇帝に命じられた王族の暗殺の話をすれば、下手をすれば牢《ろう》に入れられる身になる。間諜《かんちょう》として来た皇女として、監禁されても仕方ないのだ。本来なら言うべきではないし、墓場まで持っていく話だと思っていた。だが、アーロン王子はそれを明かすことを望んでいる。本当にしゃべって大丈夫だろうか？　人の好《よ》さそうな顔をしたこの人を信じていいのだろうか？　あらゆる疑惑がスザンヌの頭を駆け巡った。

「……私は皇帝に、王族を殺すよう命じられました」

悩んでいたはずなのに、アーロン王子の瞳を見つめていたら、言葉はするりと零《こぼ》れだしていた。自分でも信じられない。他人を信頼できないと思っていたのに。わずかな時間を過ごしたこの人を、いとも容易《たやす》く信じてしまった。

スザンヌの震える言葉を聞き、アーロン王子は表情を弛《ゆる》めた。

「でも、私はそのようなことは……っ！」

誤解されないようにと、声を張り上げて否定しようとした。アーロン王子はそんなスザンヌを抱きしめ、唇をふさいできた。

「ありがとう、明かしてくれて」

アーロン王子は嬉しそうに囁き、スザンヌの頬や額、鼻先に口づけた。アーロン王子との特別な触れ合いはスザンヌを変えた大きなものだ。男に抱かれるということはこれまで義務だと思い、何の期待もしていなかった。まさか触れ合うことで心も解け、相手への愛情が高まるなんて知らなかったのだ。

「アーロン……」

アーロン王子が自分を傷つけないと心から分かり、スザンヌは気づいたら目を潤ませていた。本当はずっと皇帝の命令が胸を重くしていた。優しくしてくれるアーロン王子や王妃、陛下、王女や王太子と接するたびに、裏切り者である気がして苦しかった。重荷を手放したことで、スザンヌは自分がどれほど自由になったか気づいた。

「知っていたのですね」

アーロン王子の胸に身を寄せ、かすれた声で言った。

「ベルナール皇子から恐らくそういうことがあるだろうと聞いていた。案ずることはない。君がそんな馬鹿な真似をしようとさえしなければ、何も問題はない」

優しく微笑むアーロン王子に、スザンヌは胸が熱くなった。はしたないと思いつつ自分から口づけ、何物も入れないように密着した。アーロンのたくましい腕に抱かれ、恍惚《こうこつ》とした気分になる。女性に生まれてよかった、この人と一緒になれてよかったと胸が震えた。

「皇帝は恐ろしい人です。このまま友好国としてやっていけるとは私には思えません。でも私はもうアンティブル王国の一員になりました。この国を裏切る真似は絶対にしません」

薄紫色の瞳に炎を宿し、スザンヌはきっぱりと言い切った。たとえ母や妹、侍女を盾に取られようと、皇帝の命令は聞かないと決めていた。

「ありがとう。俺はいい妻を持てて幸せだ」

アーロン王子はスザンヌの身体をベッドに引き込んで囁いた。

「今度、折を見て君をあの屋敷へ連れて行こう。ただし、そこで見たものは他言無用だ」

謎の言葉を残してアーロン王子はスザンヌを抱き寄せた。その言葉の意味が理解できたのは、それから一カ月後だった。


アーロン王子が療養中の宰相宅へスザンヌを連れてきてくれたのは、小雨が降る湿度の高い日だった。お忍びで行くため、スザンヌとアーロン王子は商家の夫婦といった身なりで、王家の家紋の入っていない馬車に乗り、出かけた。宰相に会うのに何故わざわざと思ったが、スザンヌは黙ってついていった。

宰相の屋敷は帝都の中心街にあった。王家から褒賞として下賜されたらしく、小ぶりながらセンスのよい屋敷だった。庭で草むしりをしていたのはこの屋敷の使用人らしく、馬車から降りたアーロン王子とスザンヌを見て、急いで駆け寄ってきた。

「これは王子、予定より早いおつきですね」

　使用人は汚れた手をズボンに擦りつけ、門を開けてスザンヌとアーロン王子を中に入れる。執事は不在らしく、同じく使用人のロナウドと名乗る中年男性がアーロンの対応に当たった。

「ロナウド、リドリーに会いたいんだが、いいかな？」

　アーロン王子はちらちらと屋敷の奥へ目を向けながら言った。

「はぁ……。それが人と会いたくないと申しておりまして……、今は書類仕事中です」

　ロナウドはスザンヌを気遣いつつ、煮え切らない返事だ。

「では扉からこっそり覗かせてくれ」

　アーロン王子は堂々と訳の分からないことを言う。さすがにスザンヌも眉根を寄せ、「何をおっしゃっているの？」と困惑した。屋敷の主人をこっそり覗くなど、王子の言葉とは思えない。

「いいからこっちに」

　アーロン王子はこの屋敷の構造を熟知しているのか、スザンヌを手招いた。廊下を静かに移動し、奥にある執務室の扉を薄く開ける。

「あなた、これでは……」

　扉から中を覗くなど、王族がやることではないとスザンヌが止めようとした時、「おい！」と部屋の中から声がした。

「腹が空《す》いた！　ドーナツ！　クッキー！　ケーキを運んできてくれ！　頭を使いすぎた！」

執務室の机をばんばん叩いているのはこの屋敷の主《あるじ》のようだ。スザンヌは思わず開いた扉から中を窺《うかが》った。

「お義兄《にい》……さ、ま……っ⁉」

つい口からそんな言葉が漏れたのは、仕方ないことだった。執務室の机に座っているのは、百キロを超えるような太った若い男性だったのだ。よく見ると髪色も瞳の色も違うし顔も違うのだが、言っていることと子どものように机を叩く態度が、まるで昔のベルナール皇子そのものだったのだ。

「誰だ⁉　誰か、そこにいるのか⁉」

スザンヌの声が聞こえたのか、執務室の机に座っていた男はハッとしたように椅子から転げ落ちた。その様もまるでからかわれて食堂の椅子から転げ落ちていた昔のベルナール皇子みたいだ。これはどうしたことかとスザンヌは困惑したまま執務室に突入した。

「ス、スザンヌ……ッ、あ、いやっ」

若い太った男はスザンヌを見るなり顔面蒼白《そうはく》になり、パニックになった。

自分の名前を知っている。しかも昔のベルナール皇子にそっくり。アンティブル王国に嫁いで間もない自分を知る者はそうはいない。ましてや会ったこともない男が分かるわけがない。

スザンヌは混乱して後ろにいるアーロン王子を振り返った。

「これはどういうことですの‼」

理解できないが、目の前にいるのは昔のベルナール皇子そっくりの人物――。

「そういうことなんだよ」

アーロン王子は肩をすくめ、苦笑して言う。

「だから、どういうことなのよっ！」

動揺と混乱、謎の状況にスザンヌは呆れ果てるばかりだった。

◆2　竜退治

雲一つない青空を窓から見上げ、リドリー・ファビエルは重苦しいため息をこぼした。

「皇子……本当に行かれるのですね……荷物の用意は整いました」

背後にいたメイドのスーが、荷造りを終えた鞄《かばん》を部屋の扉の前に並べて言う。スーは昨日十八歳になったばかりのそばかす顔のメイド長だ。今はその目がうるうるしている。これからリドリーが遠い僻地《へきち》へ出立するのを案じているのだ。

「皇子、お迎えに上がりました。城門前で皆、待機しております」

リドリーを迎えに来た護衛騎士のシュルツ・ホールトンが胸に手を当てて、背筋を伸ばす。シュルツは上背のあるがっしりした体軀《たいく》に凜々《りり》しく整った顔立ち、艶やかなブルネットの髪に鋭い瞳を持つ二十六歳の侯爵家の長男だ。剣を極めた者だけが名乗るのを許されるソードマスターの称号を持ち、槍《やり》大会では連続優勝して殿堂入りした若き猛者《もさ》。その瞳はリドリーの背中を熱く見つめている。

「皇子の出立を祝って、帝都の通りには多くの市民が集まっているようですよ。竜退治に行く皇子をひと目見ようと、子どもたちが大騒ぎだとか。これはもう引くに引けませんねぇ」

リドリーの横に立っていたニックスがにやにやして囁く。ニックスは珍しい青みがかった銀髪に、灰褐色の瞳、何を考えているかよく分からない人を食ったような笑みを常に浮かべている青年だ。かつてはリドリーの執事兼指導係をしていたが、今はリッチモンド伯爵家の養子という立場になり、リドリーの側近扱いになっている。からかうような目で見つめられ、リドリーはふっと口元に笑みを漏らした。

「……やっぱ、行くのやめたって言っちゃ駄目か？」

窓枠に手をかけ、リドリーは小声でニックスに囁いた。

何で自分が帝国の僻地まで行って、竜を退治しなければならないのだろう？　危険だし、面倒くさいし、もし退治できなかったら笑いものだ。そもそも自分はこの国の皇子ではないのに、どうしてこんな重荷を背負わされているのだろう？

「牢屋に入れられてもいいなら、いいですけど」

ニックスが耳打ちして、おかしそうににやーっと笑う。趣味の悪い男だとリドリーは苛立《いらだ》ち、その足を蹴る真似をした。

これから北西の辺境地の村へ竜を退治しに行かねばならない。皇帝に立太子させる代わりに行って来いと言われ、反骨精神が飛び出して了承してしまった。だが、こうして実際出立の日になると、どんよりした気分に襲われる。正直、行きたくない。自分は人を動かすのは好きだが、自分が動くのはあまり好きではない。高みからがんばれよと見送る立場にいたいのだ。何で剣を持って恐ろしい生き物と対峙《たいじ》しなければならないのだろう。

（すっごい嫌だ‼）

空に向かって叫びたくなるのをぐっと堪《こら》え、くるりと振り返った。期待に満ちた眼差《まなざ》しのシュルツと、護衛騎士のエドワードが用意を済ませて待ち構えている。

「竜退治に行くか」

萎える心を叱咤《しった》して、リドリーはマントをはためかせた。


リドリー・ファビエルはアンティブル王国の伯爵家に生まれた。伯爵といっても名ばかりの貧乏貴族で、父は持っていた領地の半分を失い、残り半分を親族に騙されて失うような駄目な男だった。無能な両親の元に育ったリドリーは、火魔法の才能と加護の力を持っていた。早くから両親に見切りをつけて、自分の才覚のみで世間に名を知らしめた。十三歳の時に国王と謁見する機会を得て、国王に師事できる人物の紹介を願った。そこで引き合わされたのがニックスだった。ニックスはリドリーの魔法の能力を格段に高め、あらゆる学びを与えてくれた。リドリーは若くして宰相という地位につき、アンティブル王国のために日夜奔走する日々を送っていた。

その日常は落雷を受けたある日、一変した。

リドリーは目を覚ましたら、サーレント帝国のベルナール皇子の身体になっていた。青天の霹靂《へきれき》、目覚めない悪夢の始まりだった。ベルナール皇子は百キロを超える横に伸びた身体に、ひきこもりでぐうたらな性格、妬《ねた》み嫉《そね》みがひどく、気に入らないメイドをクビにして、帝国の宝と言われた騎士を牢に送ったとんでもない無能皇子だった。

嫌われ、馬鹿にされていたベルナールの身体に入り込んでしまったリドリーは、持ち前の才覚を発揮して、自らの立場を作り上げてきた。敵国になってしまったアンティブル王国との国交回復を成し遂げ、懐かしい我が家へ一時帰宅もできた。

自分と入れ替わっていたベルナール皇子は、リドリーの身体を使ってぐうたらな日々を送っていた。こちらがこれほどがんばっていたにも拘わらず、ベルナール皇子のほうはただ食って寝ていただけ。これにはリドリーも堪忍袋の緒が切れ、監禁状態だったベルナール皇子を働かせ始めた。ベルナール皇子は読み書きはできるものの、計算は得意ではないし、頭の回転も遅い。仕方ないので侍従がやるような雑務をやらせ、重大な書類だけはニックスに任せることにした。

一年近くかけてアンティブル王国の我が家へ帰宅したというのに、結局リドリーとベルナール皇子は入れ替わらなかった。もしかすると、同じように落雷に当たるか、実は呪術でもかけられていてそれを解かなければいけないのかもしれない。目下のところ、元に戻れる方法を探す日々だ。

サーレント帝国に戻ってきたリドリーは、皇帝に呼び出された。これまでの功績を鑑み、皇帝はリドリーを立太子させようと言ってきた。ただし、それには竜退治という大きな手柄を立てなければ駄目だとのたまってきた。皇帝の人を馬鹿にした顔を見ていたら、リドリーもカチンと来て竜退治を引き受けてしまった。それから怒濤《どとう》のような日々が過ぎた。連れていく騎士の選別と、持ち運ぶ荷物、北西の辺境地までのルート決め、天候や気候に配慮した計画、数々の問題を順次片付けていった。北西の辺境地の村では、現在進行形で竜がたびたび襲いに来ている。一刻も早く駆けつけねばならず、二週間で準備を終えた。

今回、竜退治をするに当たってまずしたことは、竜という生き物の知識を得ることだ。アンティブル王国にも竜はいるが、人が住まない死の山と呼ばれるところに棲《す》みついていて、人里までは降りてこない。リドリーには竜を退治するノウハウが欠けている。過去の書物にすべて目を通し、サーレント帝国には火竜と土竜というのがいることを知った。土竜は巨大で力が強いだけなので倒すのは可能だが、問題は火竜だ。こちらは口から火を吹くそうで、倒すのはかなり厄介だ。

「火竜を退治したことのある人間と会いたい」

リドリーは書物に目を通した後、宰相であるビクトールに言った。ビクトール・ノベルは白髪に眼鏡をかけた初老の男だ。机仕事が多いせいか、腰を悪くしている。

「火竜退治した者は残念ながら全員亡くなっております。最後に火竜を退治したのが二十年前。騎士団二個隊で挑みましたが、多くの死傷者を出しました。生き残った者はわずかに数名で、彼らも竜の放つ毒気にやられ、二、三年後には……」

沈痛な面持ちでビクトールが答える。実際に竜と闘った者の意見を聞きたかったのだが、それは無理なようだ。

（おいおい、そんなヤバいとこに俺に行けと言ったのか？）

リドリーは笑みが引き攣《つ》った。残された記録によると、火竜は土竜よりやや大きく、その身体は剣を通さないほど硬い。吐く息は毒を含んでいるので長く傍《そば》にいると危険らしい。

「幸いなことに、現在村を荒らしている竜は土竜だそうです。火竜は三十年前から姿を見せません」

ビクトールに慰められ、リドリーもそれを願った。

「まずは武器を揃《そろ》えよう。出発までに出来るだけ多くのミスリルの剣を揃えてほしい。武具もなるべく丈夫なものを」

リドリーは指示書に必要な数の武器を記した。竜相手にふつうの剣では歯が立たないということで、帝都中の鍛冶師にミスリルという金属で剣を打つようにと命じた。ミスリルは稀少《きしょう》な金属だが、鉄以上に切れ味が鋭く、刃こぼれしにくい。今回、竜退治にかかる費用をざっと計算したが、国から出る金額では足りなかった。商人や商業ギルドの面々が出資してくれたのでどうにか賄えたようなものだ。特にニックスを養子に迎えたリッチモンド伯爵は、かなりの額を出資してくれた。

「我が息子は補助魔法が得意です。どうぞ、ぜひお供に連れていかれて下さい」

リッチモンド伯爵にそう言われ、もとよりニックスを連れていく予定だったので、リドリーは一も二もなく頷《うなず》いた。

武器を揃える傍ら、竜退治に行くメンバーを決めた。

近衛《このえ》騎士からは今回護衛騎士のシュルツとエドワードだけにした。近衛騎士の中には我こそと言い出す者も多かったが、今回連れていくのは騎士団からの猛者と決めている。騎士団長であるアルタイル公爵と話し合い、騎士団の中でも精鋭部隊を作り上げた。三十年前は二百名の騎士を連れて竜退治に行ったようだが、二百名もの騎士を辺境地まで行かせるのはかなりの金と労力がかかる。今回は九十名に絞り、十名の魔法士と合わせて総勢百名とするつもりだ。ヘンドリッジ辺境伯からも騎士を出すことが決まっているので、もう少し増えるだろう。

竜退治をするに当たって、さまざまな方面からの援助の声があったが、中でも有り難かったのは魔塔主であるレオナルドの申し出だ。

「特に優秀な魔法士を揃えましたよ」

レオナルドはリドリーが竜退治しに行くと知り、自らついていくと皇宮に現れた。レオナルドは若き魔塔主で、血色の悪そうな顔色に、ひょろりとした体形、ぼさぼさの銀色の髪に紅玉の瞳を持つ青年だ。レオナルドと長くいると自分の正体がばれそうなので敬遠していたが、事が事なだけに強い戦力はものすごく助かる。

「治癒魔法士が三名、火魔法の使い手が二名、風魔法の使い手が三名、補助魔法の使い手が一名、そして頼れる俺という面子《メンツ》です」

レオナルドは出発前に竜退治に行く面々を皇宮に連れてきて言った。

「危険な旅になる。力を貸してほしい」

レオナルドに連れられ、謁見の間にやってきた九名と顔を合わせ、リドリーは花もほころぶと言われた美麗な笑みを浮かべた。魔法士たちは全員ローブを羽織っていて、レオナルド以外は全員青いローブを着ていた。ローブの色は階級を示す。上級魔法使いは青いローブ、中間に位置する者は黒いローブ、下級魔法士や見習いは白い巻頭衣だ。魔塔は実力主義なので、魔塔を束ねる魔塔主は紫色のローブを着る。

リドリーは青いローブを着た魔法士たち一人一人と顔を合わせ、属性魔法を聞き、その手を握った。顔を見て、名前や特性を頭に叩き込む。リドリーの得意技の一つに一度会った者の顔と名前は忘れないというものがある。

「君は……」

九番目の魔法士の前に立ち、リドリーは眉を顰《ひそ》めた。やけに背が低い魔法士がいるなと思っていたが、顔を見てすぐに分かった。背が低いのは幼いせいだ。

「彼女は竜退治に行くには幼すぎるのではないか？」

リドリーは横に立っていたレオナルドに冷たい声をかけた。目の前にいる青いローブを着た女性は、どう見繕っても十二、三歳くらいにしか見えなかったのだ。赤茶色の髪にあどけない顔、将来は美人になりそうな可愛《かわい》い子だ。

「慈悲深いと噂の皇子殿下に申し上げます！」

少女はがばっと床に膝をつき、必死な形相でリドリーを見上げてきた。

「私はミミルと申します！　治癒魔法に関しては、誰にも負けません！　どうか、お願いがございますっ。モンサル村へ行く前に、ホーヘン村へ寄ってもらえないでしょうかっ。私のいた村では小さな子が領主に連れ去られておりますっ。どうか、皇子殿下の力で子どもたちを守っていただきたいのです！」

ミミルと名乗った少女は、額を床に擦りつけて大声で訴えてくる。何事かと傍にいた侍従が寄ってくる。

「ミミルは十三歳だ。魔法の腕は文句ない。戦場に連れていくには幼いが、治癒魔法士として竜退治に行くなら問題はないだろう」

レオナルドはミミルの訴えをニヤニヤしながら見守っている。リドリーがどうするか知りたいのだろう。

「ホーヘン村の領主は誰だったかな？」

リドリーは顎に手を当て、近くにいたシュルツに尋ねた。

「確かあの辺りの領主はヴォーゲル伯爵かと……。これまで特に問題が起きた話は聞いておりません」

シュルツは困惑した様子で答える。

「それは嘘《うそ》です！　領主は文句を言えないような農村部の幼い子を勝手に連れていくのです！　どうか皇子殿下に諫《いさ》めてもらいたいのです！」

ミミルは小さな身体を震わせて叫ぶ。

「……地図を見せてくれ」

リドリーは考え込んで宰相に手を上げた。宰相が持ってきた地図を眺め、ホーヘン村が目的地から少し外れているのを確認した。ミミルの言い分からすると、おそらく領主が気に入った子どもを勝手に城へ連れて行ってしまうということだろう。好色な領主にありがちな話だ。哀れにには思うが、これから竜退治に行くというのに余計な場所に行く暇も金もない。断ろうと思い口を開けたリドリーは、ふっと脳裏にひらめくものがあって地図を凝視した。

（待てよ、このホーヘン村は……確か……）

各領で採掘できる資源の情報を以前確認したことがあるのだが、ホーヘン村の隣にあるカザン村では花火の原料となる鉱物が多く取れる。爆発物を持っていきたいと思ったが、扱いが大変で、道中で爆発事故を起こす可能性のほうが高くて却下されていた。ホーヘン村に寄るついでに資源を手に入れて目的地の近くで製造すれば問題は解決できるのではないかと思ったのだ。

「領主に悩まされているということだな。分かった、子どもを無下に扱う領主に一言物申してやろうではないか」

リドリーは満面の笑みでミミルに言った。ミミルの目がぱっと輝き「本当ですか！　ありがとうございます！　一生ついて行きます！」と感激して泣き出す。

「よいのですか？　かかる費用も変わりますが」

ビクトールは気安く請け負ったリドリーを案じている。

「むしろ寄ったほうがよいと判断した。ミミルと言ったな？　子どもは国の宝も同然。領主に無体な真似を控えるよう言っておこう。その代わり、存分に働いてくれ」

リドリーはビクトールに地図を返し、ミミルに手を差し出した。ミミルは潤んだ目で立ち上がり、感激している。

「ほう。村へ寄ってくれるのか、それは意外だったな。巷《ちまた》で子どもを大切にする皇子と言われているが、まんざら嘘でもなかったのか」

レオナルドは意外そうにリドリーを覗き込む。レオナルドの瞳はこちらの嘘を見抜くようで苦手だ。リドリーはレオナルドを無視して魔法士たちに向き合った。

「出発は一週間後だ。よろしく頼んだぞ」

リドリーの声掛けに魔法士たちがいっせいに頭を下げる。魔塔主であるレオナルドがリドリーを気に入っているせいか、魔法士たちもリドリーに無礼な真似はしない。魔塔は治外法権と言われていて、戦争や災害時には皇家の指示を聞く必要があるが、それ以外は自由にしている。竜退治は一応災害時に当たるので、今回十名という魔法士を参加させることにした。魔塔からは、竜を退治した際に竜の牙や身体、内臓に至るまで魔塔で有効活用したいと言われたので、皇帝に報告を済ませた後なら全部くれてやると言ってある。

「そういえばリッチモンド伯爵の息子も参加だそうだな。彼も魔法が使えるんだろう?」

魔法士が退出していくのを眺めながら、レオナルドがリドリーに耳打ちしてきた。レオナルドはすっかり気を許したのか、王族に対する礼儀もないし、敬語も使わない。シュルツなどは後ろでレオナルドを恐ろしい目つきで睨んでいるのだが、一向に気にした様子がない。

「ああ」

リドリーは小声で答えつつ、内心神経を尖らせていた。銀髪は強い魔力を持つというのはどこの国でも言われている話だ。ニックスはリッチモンド伯爵の養子となったが、アンティブル王国出身なので移民扱いになる。帝国では七歳の時に魔力があるかどうか神殿で検査され、魔力が多いと分かった者は魔塔へ連れられ、魔法士になる。魔塔に所属しないのに強い魔力を持つニックスを、レオナルドが見過ごすわけがない。魔塔主であるレオナルドは、魔力の多い者を見抜く目を持っているのだろう。

「彼も気になるなぁ……尋常ではない魔力量を感じるんだが」

レオナルドは楽しげに呟き、手を振って帰っていった。やはり侮れない男だ。近づくのは危険だ。

「皇子、大神官がお会いしたいと申し出ております」

謁見の間を出て行こうとしたリドリーに、ビクトールが切り出す。

帝国には各地に神殿があり、帝都にある巨大な神殿はもっとも神聖で侵すべからずという不文律がある。神殿には大神官を筆頭に、神聖力を持つ神官と修道士、修道女がいる。稀《まれ》に聖人や聖女と呼ばれる治癒魔法もできるし神聖力も持つ者が現れるが、百年前を最後に出ていない。神聖力は治癒魔法とは少し違い、呪いを撥《は》ね除《の》けたり、危険を遠ざけたりするものだ。

「大神官が皇宮に赴くか、皇子が大神殿にお越しいただけるよう申し出がありましたが、いかがなさいますか？　おそらく竜退治に行くので、祝福の儀を行いたいのだと思われますが」

ビクトールに言われ、リドリーは面倒だなと考え込んだ。わざわざ大神殿まで出かけるのが億劫だと感じたのだ。帝国における神殿の影響力はそれほど強くなく、だからこそリドリーたちが竜退治に行くのにかこつけ、自分たちの名声も上げたいのだろう。竜退治が成功した暁には、皇子に祝福を与えたからだと主張したいのだ。

「恩を売るために行っておくか」

自分はともかく、竜退治につき合う人たちのために、できることはやっておくべきと考えなおし、リドリーは翌日大神殿に向かった。

　大神殿は帝都の南側にある。巨大な柱を何本も立てて造った白い荘厳な建物だ。何代か前の皇帝が信心深い人で、巨額を投じて神殿を建てたと言われている。リドリーは護衛騎士のシュルツとエドワード、近衛騎士のシャドールを伴って大神殿の階《きざはし》を進んだ。

「ベルナール皇子、ようこそいらっしゃいました」

　リドリーが現れるなり、修道士たちは慌ただしく案内を始めた。修道士は野暮ったい灰色の詰襟の服で、修道女は黒の足首まで隠れるワンピースだ。清貧、禁欲を常としている彼らは、肌の露出を禁じられている。

「大神官様がお待ちです」

　建物内に案内してくれた修道士が、回廊の先にある金色の扉の前で、こちらですと頭を下げる。清貧を謳《うた》っている神殿だが、建物自体は凝った意匠で金をふんだんに使った豪華なものだ。清貧を守っているのは修道士と修道女だけで、神官はその枠に入っていないのをリドリーは知っている。

「おお、ベルナール皇子！　ようこそ、お待ち申し上げておりましたぞ！」

　大神官の部屋に入ると、ふかふかした絨毯《じゅうたん》、高そうな絵画や壺《つぼ》、成金趣味の人間が置きそうな甲冑《かっちゅう》、高級家具が目に飛び込んでくる。迎え入れる大神官の格好も、白地に金糸の刺繍がふんだんに入った祭服だ。当代の大神官は昔のベルナール皇子を彷彿《ほうふつ》とさせるふくよかな体形に、禿《は》げ上がった頭、青い瞳の持ち主だ。情報では神聖力は強いものの、贅沢《ぜいたく》好きで社交界のゴシップを聞くのが趣味だそうだ。リドリーの後ろに控えていたシャドールは、俗物らしさ満開の大神官にこっそり舌を出している。

「本来ならば私が向かわねばならないところを、ご足労いただき感謝の念に堪《た》えません。さぁさぁ、ベルナール皇子。皇子のお好きと聞いている菓子も用意しましたぞ」

大神官はテーブルのほうにリドリーを招き、大皿の上に山盛りになったドーナツやケーキを示した。見ているだけで胸やけがする量だ。液体のままのチョコレートが中央にあって、果物やマシュマロを浸して食べるそうだ。

「皇子のお口に合えば良いのですが」

リドリーが椅子に座ると、修道女が緊張気味に紅茶を出してきた。すかさずシュルツが毒見と称して口につける。シュルツは菓子もチェックしようとしたが、それはしなくていいと手を振って下がらせた。

「早速だが、大神官。用件について聞かせてくれ」

椅子からはみ出ている大神官を見ていると、一年前の自分が思い出されてつらいので、リドリーは顎をしゃくって促した。

「おお、若者はせっかちですなぁ。お忙しい皇子の時間を奪ってはなりませんね。竜退治に行かれるとのことで、我々神殿も皇子に協力しようと思いまして」

大神官はドーナッツをぱくつきながら、ご満悦で言う。

「ほう。金を出してくれるのか」

リドリーはにこやかに聞き返した。すると大神官の顔がサッと強張《こわば》り、口元をナプキンで拭う。

「我が神殿にある金銭は、寄付がほとんどでございます。それもいろいろ切り詰めてやりくりを行っているようなもの。我が神殿としては、皇子の旅の無事を願って祝福を与えようかと思っております」

大神官は急に神妙なそぶりで胸に手を当ててきた。山ほどあるドーナッツやケーキを前にして切り詰めているとは呆れたものだ。

「祝福の儀を行ってくれるのだな」

リドリーはあえて笑みを絶やさず、前のめりになって言った。

「ええ、私の神聖力は素晴らしいものですからね。出立の前日に、皇子に祝福を与えたいと思っております。半年は穢《けが》れや呪いを退ける力があるでしょう」

大神官は誇らしげに胸を張った。

「そうか、それはありがたい。——では、百名分、頼んだぞ」

リドリーは一転して厳しい声で要求を突きつけた。大神官の顔がギョッとして、口に運びかけていたドーナッツがぽろりと床に落ちる。

「ひゃ、百名⁉　ご、ご冗談を……っ、そのような数、聞いたことございません。えー私といたしましては皇子とおつきの騎士二、三名が妥当かと……」

大神官がおろおろして、引き攣った笑みを浮かべる。リドリーが冗談を言っていると思っているらしい。

「竜退治に行く百名全員に祝福を与えろ。辺境伯の騎士は途中で合流するゆえ、それは諦めよう。貴族も平民も区別せず、全員分だ」

リドリーはじっと大神官を見やり、再度要求を繰り返した。大神官は青ざめ、必死に計算を始める。百名分の祝福など、これまで経験したことがないのだろう。

「あ、あのぅ……恐れながら皇子、その人数は無理かと……。私が一度にできる祝福は最高十名でして……、それも翌日は使い物にならなくなる限界ぎりぎりの数……そ、それにこう言っては何ですが、祝福には金貨一枚という値段がついておりまして……私はそれを無償で皇子に捧《ささ》げようと思っておりましたのに……っ」

上目遣いで大神官に譲歩をねだられ、リドリーは腕を組んで目を細めた。後ろにいるシュルツとエドワードは、内心はともかくリドリーに合わせて厳しい顔つきをしている。シャドールだけはおかしさを堪えきれないようで、肩が震えている。

「大神官よ、俺は何も頭を下げて頼みに来たわけではない」

リドリーはふっと表情を弛めて、茶器を手に取った。茶葉の香りが心地よく、味もよい。贅沢好きというだけあって、いい茶葉を仕入れているようだ。

「俺は竜退治を成功させる。その暁には、祝福を与えた大神官の名が讃《たた》えられるだろう。その価値に気がつかぬわけではあるまい？　俺の要望はこうだ、ゼロか百。百名分の祝福を与えられないなら、俺の分もいらない。俺は神殿に寄らずに竜退治へ赴くとしよう」

リドリーは堂々とした態度であつかましい要求を告げた。金貨百枚の仕事を無料でやれと言っているのだから、大神官も二の足を踏むだろう。だが本来、投資とはそういうものだ。

「そ、そんな……」

リドリーの話術に巻き込まれ、大神官が焦って額の汗を拭く。

「何、各地にいる神官を呼び寄せれば百名くらいできるのではないか？　なぁ、大神官よ。今後の神殿を左右する大事な局面だぞ。今すぐやるかやらないか、決めろ」

リドリーは飲み干した茶器をわざと音を立てて、ソーサーに戻した。それほど大きな音ではなかったが、大神官は「ひっ」と身をすくめた。大神官の両目がぐるぐる動き回り、あわあわと言葉にならない音が唇から漏れ出た。

「返事を」

リドリーが畳みかけるように言うと、大神官が「や、やりますっ！」と反射的に答えた。皇家に対する惧《おそ》れが働いたのだろう。口にしたとたん、しまったという顔で身震いする。

「それは有り難い。神殿の協力に感謝するぞ」

リドリーは言質《げんち》を取ったとシュルツやエドワード、シャドールを振り返り、部屋の隅で控えていた修道女にも確認した。修道女はぽかんとした顔でこちらを見ている。

「では忙しいので失礼する。そこの修道女」

リドリーは啞然《あぜん》としている修道女を手招きした。修道女は我に返って、駆け寄ってくる。

「この菓子は食べきれないので、近くにある孤児院の子らに分け与えよ。これは命令だ」

テーブルを指さして言うと、ぱっと修道女の顔が綻び大きく頭を下げる。

「ありがとうございます！　皆、喜びます！」

命令と言われ、修道女は感激した様子で大皿を外へ運び出す。大神官はまだ食べたかったのか未練がましく菓子を見ていたが、それよりも与えられた任務に頭がいっぱいのようで、「うう、何人呼び寄せればいいのか」と頭を抱えている。

「大神官、期待しているぞ」

リドリーは満面の笑みを残し、部屋を出て行った。回廊ですれ違う修道士たちが、リドリーの姿に気づき、壁にくっついて頭を下げていく。この姿になって傅《かしず》かれるのにも慣れてきた。リドリーが大神殿を出て行くと、シャドールがニヤニヤして停《と》めていた馬車の扉を開ける。

「あの大神官、いい気味ですね。前からどの口で清貧と言うのかと呆れてました」

シャドールはリドリーが親の仇《かたき》でも討ったみたいに上機嫌だ。馬車に乗り込み、リドリーは苦笑した。

「神官が集まるとよいのだがな」

大神官で十名しか祝福を与えられないなら、神官が何人いれば足りるのだろうか。気にはなったが、あとは神殿側の問題だ。もし全員分の祝福を与えられなかったら、神殿の怠慢を指摘すればいいだけだ。

「皇子といると、権力の使いどころを学ばせてもらえます」

馬車に乗り込んだエドワードは要求をすべて呑《の》ませたリドリーに感服している。

「さすが皇子です。竜退治に行く騎士たちも喜ぶでしょう」

シュルツは我が事のように誇らしげで、表情が緩みっぱなしだ。大神官ともなると、老獪《ろうかい》な人間かと思っていたので、むしろ拍子抜けしたくらいだ。

大神殿を後にして、リドリーは残りの日数で出来る限りの準備をしなければと頭を巡らせていた。

竜退治の準備は急ピッチで進み、騎士の選定と剣や武具の調達、食糧の運搬が着々と整っていった。ミミルの願いで途中立ち寄る城や宿泊場所を変更することになったが、おおむね予定通り事は運んでいる。

竜退治に出発する前日、神殿には百名の騎士と魔法士が集まった。大神官は慌てて各地の神官を呼び寄せたそうだ。その数、十五名の神官で、各地の神殿が空になったのではと巷で噂になったほどだ。

あらかじめ新聞社にリークしたせいか、大神殿には祝福の儀をひと目見ようと国民がこぞって集まった。騎士や魔法士の家族や知人も応援に駆けつけ、帝都は祭りのような賑《にぎ》わいを見せた。

「武器が間に合ってよかったですね」

シュルツは竜退治に行く騎士たちがミスリルの剣を腰に下げているのを見て、安堵《あんど》したように言う。帝都中の鍛冶師はこの日に合わせるために、徹夜でミスリルを打った。祝福は本人だけでなく、武具や剣にもかけられるからだ。

「私は皇子にもらったこの剣で挑みますが」

稀少な剣に興奮する騎士たちを尻目に、シュルツは辺境地で下賜された剣を大事そうに抱えて言う。オーラを剣に宿すと言われているソードマスターは、ふつうの剣では長く持ちこたえられない。オリハルコンという合金を使った剣なら、シュルツの力に負けないだろう。

長ったらしい説法の後に、リドリーを始めとする竜退治へ行く面子に祝福が与えられた。神聖力を使って祝福を与えていた神官たちは、七、八名を超えた辺りからばたばたと倒れていき、修道士によって奥の部屋へ運ばれていった。リドリーはよく知らないが、たくさん神聖力を使うと気力が途切れて意識を失うらしい。活気づく騎士や魔法士とは反対に真っ白な顔で倒れていく神官との対比で、神殿内は奇妙な空気に包まれた。

神官の中には神聖力がそれほどない者もいて、神殿の内情が明らかになった。大勢の国民の目があったので、神官も言い逃れ出来ない。

「神聖力というのは面白いな。魔法とは少し違うようだ」

レオナルドも祝福を与えられ、初めての体験に興味を持っている。レオナルド曰《いわ》く、祝福を与えられるとそれぞれの持ち物に光が宿るそうだ。それは半年ほど有効で、小さな魔物なら退ける力を持つとか。

「騎士たちも初めての体験に興奮しているようです」

アルタイル公爵が満足そうに言った。アルタイル公爵は、五十代後半の白髪交じりの男性で、帝国の騎士団を束ねる団長だ。一度は引退したが、シュルツが騎士団長の座を解かれたので舞い戻ってきた。帝国の騎士団長はソードマスターしか務められないという原則があるらしく、他に代わりがいなかったそうだ。

「ベルナール皇子の騎士たちを思う心に、彼らもやる気に満ちております。私も皇子をお守りするために参加したかったのですが……」

残念そうにヘンドリッジ辺境伯が言い、リドリーは軽く手を振った。ヘンドリッジ辺境伯は、二メートル近い大きな身体と分厚い胸、鍛え上げられた筋肉を持つ中年男性だ。白髪交じりの髪を後ろでひとつに束ねている。

「公爵が随行してくれる間、お前のような重鎮がいないと陛下をお守りする者がいなくなるだろう。竜退治は俺に任せて、帝都の安全を守ってくれ」

リドリーの言葉にヘンドリッジ辺境伯が黙って頷く。本来なら騎士団長であるアルタイル公爵は帝都に残るべきなのだが、本人のたっての希望で竜退治に参加することになった。竜に関する知識が帝都で一番という理由もある。その代わり、ヘンドリッジ辺境伯がアルタイル公爵のいない間、代理の騎士団長を務める。

「ヘンドリッジ辺境伯の騎士も祝福をもらえたらよかったのですが」

話を聞いていたエドワードが思い出したように言う。今回竜退治を命じられた際に、ヘンドリッジ辺境伯の騎士も参加を望んだ。辺境伯の騎士たちは強者《つわもの》ぞろいなので願ってもない話だ。ただ辺境伯の領地は遠いので、帝都から出発するのに合わせて、途中で合流する手はずになっていた。

「皇子のところまで持つでしょうか」

シュルツは神官たちの様子にハラハラしている。あらかじめリドリーは最後に受けると申し渡しているので、シュルツは神官の力が残っているか心配のようだ。正直、祝福されなくてもニックスに保護魔法をかけてもらえばいいだけなので、リドリーはそれほど待ち望んではいない。ニックスも「私は祝福はけっこうですので」と数日前に断ってきたくらいなのだ。

騎士や魔法士、集まった見物人の前で、次々と祝福が与えられていく。エドワードやシュルツが祝福を与えられ、ようやくリドリーの番になった。

「皇子……、頭を……お下げ……、く、ください……」

大神官はふらふらとしながら跪《ひざまず》いたリドリーの前で錫杖を持つ。気のせいか、始まった時より頬がげっそりこけている。この日のために金色に輝く祭祀《さいし》服や宝冠を身につけてきたのに、本人はどんよりして、衣服だけ輝いている。

「ベルナール・ド・ヌーヴ……に祝福を……」

大神官はうわ言めいた言葉を呟き、神聖力をリドリーに注ぎ込む。爽やかな風が身体にまとわりつき、剣に光が宿ったのが分かった。祝福を与えられたのは初めてだが、確かに身体が軽いし気持ちがすっきりする。

「大神官、ご苦労……」

だった、と言いかけた時には、目の前で巨体がばたりと倒れた。修道士が「大神官！」と口々に叫んでその身体を支える。さすが大神官と呼ばれるだけあって、一人で残り十五名もの祝福を与えた。リドリーを最後に神聖力が途切れて、意識も失ったようだ。

「よくやったと伝えておいてくれ」

大神官を抱えて運び出す修道士にねぎらいの言葉をかけ、リドリーは立ち上がって神殿に勢ぞろいした騎士と魔法士の前に立った。見物人から大きな拍手とがんばれという応援の声が響き渡る。それらはすごいうねりとなって騎士や魔法士を戸惑わせるほどだった。

リドリーはすっと手を上げた。するとまるで水を打ったように、集まった人々が静かになる。

「明日、我らは帝国民を苦しめる竜退治へ赴く！」

リドリーは背筋を伸ばし、凛《りん》としたよく通る声で告げた。

「そなたらは私が認めた精鋭騎士と魔法士だ。必ずやこの帝都に竜の死骸を持ち帰るぞ！」

鼓舞するようにリドリーが声を張り上げると、それに呼応して騎士たちが拳を振り上げ、うおおおと叫んだ。騎士たちの気力は漲《みなぎ》っている。祝福の光を与えられ、ハイテンションになっているのだろう。特に金貨一枚もかかる祝福など与えられるのが初めての者ばかりだ。

「ベルナール皇子！　ベルナール皇子！」

騎士たちが口々にベルナールの名前を呼び、それらは市民たちにも浸透していった。まるですでに竜を退治した後みたいだ。

「今日は解散とする！　家族や友人としばしの別れを惜しむがいい」

リドリーはそう言って、シュルツとエドワードを伴って大神殿を後にした。騎士や市民に歓呼され、リドリーは迎えの馬車に乗り込むまで皇子然として手を振り続けた。

「これでしばらく新聞の一面は皇子の記事だな」

馬車に乗り込み、リドリーはほくそ笑んだ。皇帝への対策として、リドリーは皇子の名を高める運動を続けてきた。最近ではリドリーが呼び寄せなくても平民たちがこぞって集まるくらいだ。

「お前たちも今日は自由にしていいぞ」

馬車に乗り合わせたシュルツとエドワードに言うと、互いに顔を見合わせる。

「私は皇子の護衛を務めます」

シュルツは自由時間などいらないといったそぶりで、頑《かたく》なに傍を離れようとしない。

「私は途中で下ろしてもらいます。婚約者が屋敷で待っているので」

エドワードは婚約者としばしの別れを惜しみたいのか、素直に応じる。竜が襲った村まで往復で四週間かかる。竜退治にどれくらい時間がかかるか分からないし、最悪死の可能性もあるので、リドリーとしては竜退治に赴く者に周囲の人と挨拶をしてほしかった。御者にアルタイル公爵のいる公爵家のタウンハウスに寄るよう命じ、シュルツに向き直る。

「シュルツ、お前も今日は侯爵家に戻れ。ちっとも帰っていないだろう?」

シュルツは侯爵家の長男で、本来なら爵位を継ぐ存在だ。だが一度牢に入れられたりして、侯爵家では微妙な立ち位置になっている。あまり本人は話したがらないが、たまには顔を見せたほうがいいだろう。

「それは……。しかしタウンハウスには父はおりませんし……母はいますが」

シュルツの口が重くなり、悩ましげにうつむく。侯爵家の領地は南西の方角にあり、帝都には社交界に出る母親のためのタウンハウスがあるそうだ。ホールトン侯爵は現在、年に二回ある国政会議に参加する以外、国政には携わっていない。何でも持病があるらしく、領地経営のみを執り行っているとか。

「それならなおのこと、母君と会っておけ。これは命令だ」

渋るシュルツに命令を発動すると、自動的にその顔がこくりと頷く。シュルツの顔が強張り、悔しそうに歯嚙《はが》みした。

シュルツにはある術がかかっている。――『七人の奴隷』というリドリーが持つ加護の力だ。リドリーは文字通り七人まで奴隷にできる加護の力を持っている。魂が入れ替わった際に、味方を得るために牢にいたシュルツにその術をかけた。そのせいでシュルツはリドリーに逆らうことができず、なおかつ執着してしまうという副作用を抱えている。

「明日、城門前で」

エドワードとシュルツをそれぞれの屋敷前で下ろすと、一人になって皇宮に戻った。

「ベルナール皇子」

皇宮ではリドリーの帰りを皇后が待っていた。値の張る宝石やアクセサリーを身にまとい、ふくよかな白い胸を見せつける華美なドレスを着たベルナール皇子の母親だ。皇宮の正面玄関前にあるらせん階段のところで皇后はリドリーを抱きしめた。

「無事に祝福の儀を終えたようですね」

皇后は愛《いと》しげにリドリーを見つめて言う。竜退治を命じられた際、皇后は口にはしなかったものの反対な様子だった。息子を溺愛する母としては危険な任務に行ってほしくないのだろう。だが、今回見事に竜を退治したなら、皇太子の座が約束されている。直系男子が一人しかいないのに立太子されていなかったのを不服に思っていた皇后としては、ジレンマに陥る思いだろう。

「母上、ご安心下さい。必ずや竜を退治してきますから」

リドリーは安心させるように言った。リドリーは皇后を嫌いではない。甘やかしすぎて息子を駄目にしてしまった母親だが、あの冷酷無比な皇帝を父に持ったベルナール皇子には必要な愛情だったと思うからだ。それに皇子以外に関しては、皇后としての素質に問題はない。皇宮に関してもしっかり支配下に置いているし、側室との目立った軋轢《あつれき》もない。側室たちは皇后にはきちんと礼を尽くしている。

「成長しましたね。ベルナール……昔の引きこもっていたお前が嘘のようです」

皇后はそっと目尻に涙を浮かべ、微笑む。侍女がすかさずハンカチを差し出し、皇后が受け取った。

「明日の出立式は笑って見送って下さい」

皇后をエスコートしながら、リドリーは言った。皇后を部屋まで送り届けると、侍女のクリスティーヌがいつの間にか背後にいた。クリスティーヌは男爵夫人で、地味な容姿だが真面目で記憶力がいいので重宝している。

「皇子、ニックス様が執務室でお待ちです」

クリスティーヌに耳打ちされて、リドリーは分かったと少し早歩きになった。祝福の儀をしなかったニックスは先に皇宮に来ていたようだ。

「待たせたか？」

執務室に向かうと、すでに通されていたニックスが長椅子に座っていた。侍女を下がらせ、部屋に二人きりになると、ニックスの向かいの長椅子に腰を下ろす。

「全員分、できたのですね」

ニックスはリドリーの頭の辺りをちらりと見て、唇の端を吊《つ》り上げた。ニックスには祝福を与えられたかどうか分かる『目』があるらしい。

「ああ。大神官は倒れて運ばれたがな」

リドリーはふうと大きな息を吐いて、首元のタイを弛めた。事情を知るニックスと二人きりなので、気が弛む。ベルナール皇子の身体に入ってしまい、一年以上が過ぎた。すっかり慣れたと言いたいところだが、やはり皇子業は大変なことが多い。

「では報告を。ミーアに頼んでいた乳母の件ですが、送った手紙は宛先不明で戻されたそうです」

ニックスは声を低くして語りだす。ミーアはアンティブル王国にあるリドリーの屋敷で住み込みをしているメイドだ。両親がいた頃から世話になっていたので、乳母についても知っている数少ない人物だ。

ヘンドリッジ辺境伯の領地に行った際、リドリーは森に棲む魔女に占いをしてもらった。よく当たると評判の占いによれば、リドリーは皇帝に呪いをかけたと噂される魔女ユーレイアと会ったことがあるということだった。アンティブル王国では魔女は珍しくない。医師がいない農村では魔女が薬草を煎《せん》じて治療に当たるのが常で、地域に密着した存在なのだ。リドリー自身も乳母が魔女だったと聞いている。だからすでに会っていたということは、その乳母が魔女ユーレイアだったのではないかと思ったのだ。乳母はルーと名乗っていたらしく、もしユーレイアだったら偽名ということになる。魔女ルーは、アサッド地方に住んでいたそうだ。

「人をやって調べますか？　二十年近く前の話なので、魔女ルーは引っ越したのかもしれませんね」

ニックスに聞かれ、リドリーは頼むと即答した。乳母が魔女ユーレイアではないかという疑問は濃厚だとリドリーは思っている。帝国を追われ、隣国アンティブル王国に流れ着いたのは考えられる話だ。何故自分の乳母をしていたのか分からないが、こうしてベルナール皇子と自分が入れ替わってしまったのを鑑みるに、何かしらの術を施した可能性がある。その術さえ解ければ、自分は元の姿に戻れるのではないかと考えた。

「ミーアに魔女ルーの人となりを聞いておきましたが、どうやら魔女ルーはオッドアイのようですよ」

ニックスが何げない口調で明かす。オッドアイと聞き、そんな目立つ容姿ならすぐに見つかりそうだと疑惑を持った。乳母をしていた魔女ルーに関してリドリーはほとんど記憶がない。乳飲み子だった頃の話なので当然といえば、当然だが……。

「そもそも魔女ルーは乳母をしていた。ということは、魔女ルー自体も出産をしたということなのだろうか？」

当時の状況をよく知らないリドリーはその辺に関して知りたかった。

「ミーアの話によれば、子どもは死産だったそうです。乳が出て困っているので乳母として雇ってくれないかという話でファビエル伯爵夫人の元へやってきたそうですよ。働き者で真面目な印象だったとミーアは言っています。リドリーが二歳になる頃にアサッド地方へ帰っていったと聞きました」

ニックスの話を聞き、リドリーはこれ以上の情報を得るのは難しいと感じた。それにしてもオッドアイだというが、皇帝を呪った魔女ユーレイアに関してオッドアイだったという話はどこからも聞かれなかった。早急に魔女ユーレイアの容姿に関して情報を得たかった。

（待てよ、城の者には話を聞いたが、皇后からは魔女ユーレイアに関して聞いていないな）

前皇帝を弑《しい》した時、皇后は皇弟妃として皇宮にいたはずだ。だとすれば、皇后も魔女ユーレイアを知っている。あまり近しい人に探りを入れると逆にこちらが疑われそうで避けていたが、頃合いを見て皇后からも情報を得なければならない。

（息子大事な人だから、何でも話してくれるだろう）

　急ぐ必要はないとリドリーは頭を振った。

「それからベルナール皇子ですが、事務仕事をさせています。集中力がなく、計算もよく間違うし仕事をしている時は甘味が絶対必要と言って……」

「おい」

　ニックスの報告にリドリーはイラッとしてこめかみを引き攣らせた。

「食事制限をしろと言ったはずだが？」

　リドリーの身体に入り込んだベルナール皇子は、食っちゃ寝生活をして、恐ろしいほど太ってしまった。会った際に痩せろと言い渡していたのだが、仕事中に甘味を欲している？

「ああいう輩《やから》は三歩歩くと忘れてしまいますからねぇ。体重は変わらないそうですよ」

　ニックスにおかしそうに笑われ、リドリーは睨みつけた。他人事と思っているのだろう。

「それはともかく、本題です。スザンヌ嬢がアーロン王子と一緒に屋敷へ訪れ、ベルナール皇子と会ってしまいました」

　さらりと重大発言をされ、リドリーは頭が真っ白になった。

「はあああ？　アーロンの奴！　何でスザンヌを連れて行ったんだ⁉」

　リドリーは怒りのあまり、テーブルを激しく叩いた。重大な秘密事であるべき内容を、帝国の皇女だったスザンヌに知られるとは！

「スザンヌ嬢はすでにファビエル家を怪しいと探っていたようです」

平然とニックスに言われ、リドリーはハッとして拳を握った。

「く……っ、そうか、俺が……っ」

リドリーの脳裏にアンティブル王国へ行った際の行動が蘇った。神殿に行った後、元の身体に戻れないストレスで自棄《やけ》になり、皇子の姿のままファビエル家へ奔《はし》ってしまったのだ。前日に出かけた際はちゃんと変装して行ったのに、あの時は冷静さを欠いていた。皇子である自分が縁《ゆかり》も所縁もないファビエル家へ立ち寄ったなら、疑問を持たれて当然だ。スザンヌは馬鹿な皇女ではない。どこからかその話を聞きつけ、探ろうとしたのだろう。

「あなたは時々詰めが甘いんですよねぇ」

ニヤニヤとニックスに指摘され、返す言葉もなかった。

「スザンヌ嬢はベルナール皇子と気づいたようですよ。見目は違いますが、兄妹《きょうだい》だから分かったのでしょうね。アーロン王子から、ばらしたごめん、という言伝《ことづて》を預かっております」

リドリーはがっくりと肩を落とし、頭を抱えた。

自分の正体に関してはあまり知られたくなかった。ニックスやシュルツという近しい存在は仕方ないが、スザンヌには内密にしておきたかった。まだ信用に値するかどうか分からないからだ。アーロン王子に明かしたのがそもそも間違いか。

「……スザンヌの動向については、何か分かっているか？」

リドリーは聞きたくない気分いっぱいで尋ねた。もしスザンヌが自分の正体を皇帝にでも密書で明かしたら、自分はおしまいだ。

「今のところ秘密を共有するそうです」

同情気味な眼差しでニックスが教えてくれた。その言葉を信じるしかないのがつらい。

「あと王家にはしばらく宰相の仕事はできないと言い渡しておきましたので、近く宰相補佐のケヴィンが正式な宰相になる予定です」

追い打ちをかけるようにニックスが言う。自分が必死になって摑んだ地位が別の者に奪われる。ケヴィンは信頼に足る人物だが、それでも悔しさが滲み出る。

「そうか……」

リドリーは両手で顔を覆い、重苦しい息をこぼした。

「そう気落ちなされないで。今は宰相より上の立場じゃないですか」

ニックスにからかうように言われ、ぎろりと睨みつける。

「あと、ここからは奴隷の話です」

リドリーの視線を避けるように、ニックスが首を傾ける。奴隷——おそらくリドリーが加護の術で奴隷化した六人の話だろう。

「魂が入れ替わったせいで、ベルナール皇子を襲うようになったので、六名のうち四名は捕らえて牢に入れました」

　ニックスの報告に身が震える思いだった。リドリーは加護の術を使って、極悪人だがある種の才能を持つ者を自分の手駒にしてきた。それは今まで有効だったのだが、魂が入れ替わることによって齟齬《そご》が生じた。自分の身体に入り込んだベルナール皇子を殺そうとしてしまうのだ。ニックス曰く、主であるはずなのに中身が違うということで、強烈な殺意が芽生えるらしい。入れ替わった当初も暗殺ギルドに所属するギーレンという男が、ベルナール皇子を殺そうとしてきた。元の身体に戻るためには、ベルナール皇子に死んでもらっては困る。

「よくやってくれた、と言いたいところだが……」

　リドリーは頭痛を覚えて胡乱《うろん》な眼差しを向けた。

　リドリーは改めて自分の加護の術で奴隷化した人物を思い返した。帝国に来てシュルツを奴隷化したことで、暗殺ギルドのギーレンという男が術から解かれた。その後、辺境伯の領地で帝国の鉱山を狙えと命じた爆弾魔の奴隷が捕まり、帝国法に則り処刑された。この時六名になったが、皇宮のパーティーで襲ってきた暗殺ギルドの『鷹《たか》』を奴隷化したので再び七名に戻った。つまり今リドリーが抱えている奴隷のうち、シュルツは問題ないとして、四名がアンティブル王国の牢に入れられたというなら――。

「二人足りないな」

　リドリーは手を組んで、ニックスを見つめた。

「はい。二人見つかりませんね」

相変わらず他人事といった口調でニックスが言う。

「ベルナール皇子の護衛を増やそう……いや、やっぱりあいつを地下に閉じ込めたほうが」

悲愴《ひそう》な顔つきでリドリーは拳を握った。術を解かれていないから残り二人の奴隷はリドリーの命令を遂行しているはずだが、肝心の自分の姿を見て違和感を持たれたら終わりだ。中身が違うとベルナール皇子を殺す可能性がある。

「捕まえられなかったのは、どいつだ?」

こうしている間にもベルナール皇子が襲われたらどうしようと、リドリーは立ち上がって室内をうろついた。あてにならない人物に重要な案件を任せることほどつらいものはない。あの太った身体では機敏に動けないだろうし、抵抗もできやしない。リドリーが奴隷化した人物はどれも危険な人物だ。

「詐欺師のジャクリーンと死刑囚のマッドです」

ニックスの返答はリドリーの顔から血の気を引かせた。詐欺師のジャクリーンに関しては命の危険はそれほど感じていなかったが、問題は死刑囚のマッドだ。マッドは本名をアドルフ・マックイーンといい、剣技が立つ上に魔法も使える王国の中枢を担っていた大佐だった。だが妹を虐げた上に病死させた嫁ぎ先の夫と義母、城にいた一族をすべて斬り殺してしまった件で死刑囚となった。罪は重いが、情状酌量の余地はあるし、あまりにもその力が惜しいと国王に言われ、ひそかにリドリーが奴隷化したのだ。奴隷化することで、虐殺を禁じて、マッドはリドリーの手駒となった。書類上では大佐は処刑されたことになり、マッドと名を変えてリドリーの命令を遂行していた。

「マッドを捕まえられなかったのか……まぁ、あの人だからなぁ」

リドリーも仕方ないと唸《うな》り声を上げた。マッドがベルナール皇子の前に現れたら、中身が違うことなどすぐにばれるだろう。

「牢に入れている面子も不満が爆発寸前といったところらしいですね。あなたが顔を見せないので、ぶちギレているそうです」

ニックスの指摘はもっともだ。奴隷化した者たちは、皆リドリーを盲目的に愛執する。だからこそたまに接触を持たないと発狂しかねないのだ。

（俺の加護の力、微妙なんだよなぁ）

皇帝の加護は『君主の領域』といい、帝国中の自分より下の身分の者が逆らえなくなるものだ。ただしこれは半月しか保たないし、忠誠心によって変わるらしい。今のところ強い力で、リドリーは敵《かな》う気がしない。

「報告は以上ですね。しばらくアンティブル王国へは行けませんが、ベルナール皇子の無事を祈るしかありません」

ニックスは口元に手を当てて、うさんくさい笑みを浮かべる。ニックスも竜退治に赴くので、その間はアンティブル王国へ行かせられない。いっそ竜退治よりもアンティブル王国へ向かわせるべきではという思いも過ったが、竜退治は大事だ。必ず仕留められると断言できるわけではないので、有能なニックスが必要だった。

「ご苦労だった。引き続きよろしく頼む」

リドリーは用意していた金貨の入った袋をニックスに手渡し、明日からの旅程に思いを馳《は》せた。一刻も早く竜退治を終わらせ、憂いを払いたかった。

◆3　竜退治のついでごと

出立の日は、天が味方してくれたかのように雲一つない秋晴れだった。

リドリーは礼服にマントを着用して、当代一と称される鍛治師が打ったミスリルの剣を腰に差した。扉の前で待っていたシュルツとエドワードを振り返り、「行こうか」と声をかける。同じく部屋にいたニックスと、メイドのスーもリドリーについてくる。

廊下で待機していた近衛《このえ》兵と侍女を従えて、リドリーは謁見の間へ赴いた。

「ベルナール皇子《おうじ》のお越しです！」

扉の前に立っていた衛兵たちが、扉を押し開けながら高らかに告げる。

謁見の間では、玉座に皇帝、その隣に皇后が座り、皇女と側室たちは全員立ったまま出迎えた。玉座に至るまでのカーペットの前に、ずらりと主だった貴族たちが並んでいる。リドリーが竜退治に行くに当たり集まったようだ。貴族の面々は最近頭角を現してきた皇子を気にしている。竜を見事仕留めたら、立太子すると皇帝が言ったからだろう。今のうちに皇子にいい顔をしておこうと思っているのだ。

リドリーはシュルツとエドワードを扉の前に残し、単身、赤いカーペットの上を歩いた。

「帝国の大いなる太陽に拝謁します」

堂々とした足取りで皇帝の前に進むと、すっと膝を折って胸に手を当てた。玉座から皇帝がリドリーを見下ろす。その視線には不快さが混じっていた。皇帝は豊かな金髪を肩に垂らした屈強な中年男性だ。皇族の印とも言われる薄紫色の瞳を持ち、玉座にふんぞり返っている。

「逃げずに来たか、ベルナールよ。外ではお前の名をまるで帝国の主《あるじ》となったかのように騒ぎまくっている。なんとも不敬なことだ、そうは思わないか？」

皇帝は忌々しそうな口ぶりでリドリーを見下ろしてきた。横に座っていた皇后の表情が硬くなり、扇子で口元を隠す。

皇帝はリドリーがもてはやされているのが気に食わない。騎士たちがリドリーに従い、神殿に集まった国民たちが皇子を支持しているのが不快なのだろう。自分以外が上に立つのを良しとしない、度量の狭い男だ。

「とんでもない話でございます。帝国の太陽は並び立つ者のない皇帝陛下のみ。国民は娯楽に飢えているだけ、一過性のものでございましょう」

リドリーは神妙な口調で切り返した。ここで皇帝の機嫌を損ねるのは愚策だ。

「竜退治がどれほど大変なものかは、記録に残っております。私のすべてでもって挑むつもりですが、万が一の場合はこれが父上、母上の見納めとなりましょう。このサーレント帝国の第

一皇子として、見苦しくないよう臨むつもりです」

決死の覚悟を以《もっ》て行く、と思われるように、リドリーは声に熱を込めた。貴族たちもリドリーの言葉に胸を打たれて真剣な面持ちになる。ここで見事仕留めてくると豪語すると、皇帝のことだ、また変な難癖をつけかねない。ここは少々自信のない態度でいくべきだろう。

「そうだな。竜は恐ろしい生き物だからなぁ」

リドリーが怯《おび》えていると勘違いしたのか、皇帝の表情が弛《ゆる》み、機嫌がよくなったのが分かった。横にいる皇后は別れを惜しむかのようにそっと目元をハンカチで拭っている。夫婦の温度差がすごすぎだ。

「行く前に当たり、申しつけておこう。私は気が長くない。あまりに時間がかかるようなら、お前を廃嫡するかもしれん」

皇帝が唇の端を吊《つ》り上げて、とんでもない発言をした。皇后の顔が険しくなり、貴族たちも騒然とする。立太子か廃嫡かとはすごい二択だ。唯一の男子皇位継承者なのに、廃嫡ときたか。

「陛下、それは……っ」

皇后もさすがに黙っていられず、声を震わせる。

「皇帝である私につく嘘《うそ》は自身の身をもって償わねばならぬ。ベルナールよ、竜退治へ赴くがいい」

皇帝は皇后を無視して立ち上がり、リドリーに向けて言い放った。竜退治に行った先でだらだらと過ごすのを牽制《けんせい》したのだろう。もとよりそんなつもりはないが、器の狭い皇帝に腹が立ってきた。

「次にお目にかかる時は、一回り大きくなった姿をお見せすることを誓います」

リドリーは顔を上げて皇帝を見返した。鋭い双眸と視線が絡まり合い、わずかに皇帝の眉根が寄った。以前は目を合わせることさえできなかった皇子が、恐れげもなく見返したのが気になったのだろう。

リドリーは立ち上がって、マントを翻した。

皇帝の絡みつくような視線と、皇后の心配そうな視線、そして貴族たちからの値踏みするような視線を振り払い、リドリーは謁見の間を出て行った。

城門前に待機していた騎士や魔法士と合流し、リドリーは出立の合図を知らせるラッパの音を聞きながら馬車に乗った。

帝都を出るまでの間、前方を騎士五十名、中央にリドリーとシュルツ、エドワード、アルタイル公爵を乗せた馬車、その後ろに魔法士を乗せた馬車が二台、後方に残りの騎士という隊列で練り歩いた。隊列が通り過ぎる間、市民の歓声や応援する声が、騎士たちを鼓舞した。リドリーは馬車の窓から沿道で手を振る市井《しせい》の者たちに愛想よく手を振り返した。華やかな騎士団と馬車の隊列に、市民たちは興奮して見送る。

帝都を出て、リドリーは国民の目がなくなると、速度を上げさせた。それまでゆっくりと進んでいた馬車が街道を土煙を舞わせて走り出す。

（しかしアルタイル公爵がいると気が休まらないな）

同じ馬車に乗るアルタイル公爵は、気難しい表情でずっと腕を組んでいる。息子であるエドワードはそれに慣れているようだが、こちらは気づまりで仕方ない。こんなことならメイドのスーを同行させて、癒しを持てばよかった。

（だが、対策はすでにできている）

リドリーは目をきらりと光らせた。

「公爵、次の休憩地点で馬車のメンバーを入れ替えようと思うのだが」

揺れる馬車の中、リドリーは切り出した。

「ほう」

「移動中の時間も有効に使いたい。魔法士たちを順番に馬車に乗せ、彼らの能力を確認していこうと思う」

リドリーは後続の馬車に乗っている魔法士と同乗したいと語った。あらかじめそれぞれの魔法属性は聞いているが、竜退治に行くのに人となりを知らないのでは不安が残る。騎士たちは騎士団長であるアルタイル公爵や元騎士団長のシュルツがいるので統率はとれているが、魔法士たちはそうはいかない。狭い馬車の中に閉じ込めて移動することで、魔法士たちと親密になるのが狙いだ。

（とかいって、本音はこの機会に精鋭と言われる魔法士たちの実力を計りたいだけだけどね。元の姿に戻れた際、第一線で活躍する魔法士たちの能力を把握できていたら、戦争になっても有利に働ける）

内心ほくそ笑むリドリーだが、表向きは竜退治への意気込みだけを見せた。するとアルタイル公爵はもっともらしく頷《うなず》き、「よいお考えです」と肯定した。

「そうか、それでは次の休憩地点で公爵は——」

違う馬車に乗ってくれ、と言いかけたリドリーに、アルタイル公爵が身を乗り出す。

「馬車は四人乗りですから、私と皇子が魔法士と乗りましょう」

当然と言わんばかりに断言され、リドリーは無言になった。

「公爵閣下、お言葉ですが、私は皇子の護衛騎士です。残るのは私にお任せ下さい」

リドリーの横に座っていたシュルツが、黙っていられずに主張してくる。リドリーはもっと言え、とシュルツを肘で突いた。

「いや、私は騎士団長として魔法士の能力を把握する義務がある。ホールトン卿は遠慮すべきだ。皇子の身は私に任せればいい」

アルタイル公爵は一歩も引かない様子でシュルツを見返している。向かい合った二人が火花を散らして睨《にら》み合っている。

「あー……、俺一人でもよいのではないだろうか。この猛者《もさ》ぞろいの隊列を襲う愚か者はいない」

このままだとアルタイル公爵と同乗することになりそうで、リドリーは新たな提案をした。気づまりなアルタイル公爵を追い出すつもりだったのに、墓穴を掘りそうだ。

「いえ、それはなりません。魔塔の者をそこまで信用することはできませんから」

すかさずアルタイル公爵が否定する。魔塔は独自権を持っているので、皇族に対する忠誠心が低いと考えているようだ。魔法士がいきなり馬車の中でリドリーを襲うとは思えないが、魔法士三人に皇子一人というのはよくないと思っているのだろう。

「そうです。皇子の身を常にお守りする者が必要です」

シュルツもアルタイル公爵と同意見らしく、二人して恐ろしい顔つきで迫ってくる。

「ホールトン卿、ここは公爵にお任せするのが筋ではないでしょうか」

それまで黙っていたエドワードがシュルツを宥《なだ》めるように言った。公爵という立場はもちろんのこと、騎士団長としてこの隊の指揮を執っているアルタイル公爵の言い分を退けることはできない。エドワードの意見はもっともで、リドリーも反論できなくなった。

「……分かりました」

シュルツがしぶしぶ頷いた。もっとねばれよと内心思ったが、相手がアルタイル公爵では無理かもしれない。アルタイル公爵を降ろすつもりだったのに、とんだ見当違いだ。

二時間ほど馬車を走らせ、休憩地点の小川沿いにつくと、リドリーは馬車を降りた。休憩中のレオナルドを捕まえ、この後、魔法士を順番に馬車に乗せたいという話をする。レオナルドは問題ないと答え、順番が決められた。

最初に馬車に乗り込んだのは、領主を諫《いさ》めてほしいと言ってきたミミルという少女と、火属性のアンディという十五歳の少年だった。二人とも青いローブを着て、緊張した面持ちで向かいに座る。リドリーはともかく、横にいるアルタイル公爵が値踏みするような威圧感で二人の魔法士を見下ろしているので、気が休まらないだろう。

「楽にしてくれ。せっかくの長旅なので、魔法士と話しておきたいだけだ。二人とも、魔塔での暮らしはどうだ？　ミミルは幼い頃にホーヘン村を出たし、アンディも孤児院出身だったな？　見知らぬ大人の中に入れられ、困りごとはないか？」

リドリーは二人の子どもの緊張をほぐすため、当たり障りのない話から入った。アンディはミミルと顔を合わせ、背筋を伸ばす。

「僕のこともご存じなのですか？　あの……僕のいた孤児院はあまりよいところではなかったので、魔塔に入れてよかったです。ご飯が三食出るし、清潔にしてくれるし……」

アンディは素朴な容姿をしていて、しゃべり方も朴訥《ぼくとつ》としている。魔塔に対する不満はないようだ。

「どこの孤児院にいたのだい？」

リドリーは優しく微笑《ほほえ》み、アンディから孤児院の場所と名前を聞いた。帝国には孤児院がたくさんあるが、その経営はどれも善意による部分が大きく、まともに回っていない。孤児院を建てると税を優遇する法律があり、金を持っている貴族は孤児院を建てるが、その後の運営に関する優遇措置はないので、しばらくしたら放置するのが関の山だ。

「君は火魔法を扱えるんだったな。これまでにどんな魔獣を倒したか、教えてもらえないだろうか？」

少しずつ口が軽くなっていったアンディに、リドリーは話を向けた。アンディは目を輝かせ、先輩魔法士と魔獣を倒した話を始めた。それにはミミルも参加したらしく、大怪我《おおけが》を負ったアンディを治癒した話もしてくれた。最初はほとんど話せなかった二人だが、次の休憩地点に行く頃にはすっかり打ち解けた様子で魔塔での暮らしを語った。

「――皇子殿下には人の心を開かせる特技があるようですな」

馬車から降りていった二人を見送り、アルタイル公爵が感心したそぶりで言った。リドリーが二人と話す間、アルタイル公爵は黙って話に聞き入っていた。途中でアルタイル公爵の意見も聞くべきかと思ったが、あえて何も言わずリドリーは聞き手として二人の子どもに話をさせた。

「情報は人の口から出てくるものだからな」

リドリーはにやりと笑い、馬車から降りた。

「魔塔内に関しては明かされない部分が多かったですが、どうやらまともなところのようですな」

アルタイル公爵も二人の子どもの語る話に安心したようだ。二人の子どもに魔塔主のレオナルドをどう思うかについても聞いたが、二人とも「変人です」と答えていた。誉《ほ》め言葉ではないが、子どもがそう口にしても許される空気が魔塔にあるという証《あかし》である。つまり、魔塔には自由さが存在するということだ。

すでに日が暮れ、今夜は近くにある騎士団の施設に泊まることになっている。領地間の争いが起きた際には、騎士団をそこに集め、中継地点として活用している。出立の際に使ったいらない道具はここに置いていく。礼服や華美な装飾を施した道具一式を建物内にしまうよう命じて、リドリーはシュルツたちと合流した。


馬車の旅も一週間を過ぎていた。魔法士たちとはひととおり話し終え、大体の能力と性格が分かってきた。全員に魔獣を倒した時の話をさせたが、武勲を自分で語りたいタイプと、自分で語るのはみっともないというタイプに分かれた。二人一組で話をさせたので、そういう場合はもう片方の魔法士が滑らかに語った。帝国内で領地間の戦争はここ十数年起きていないので、魔法士たちはもっぱら魔獣退治が主な仕事になる。全員に話をさせたことで、リドリーの頭の中では魔獣退治における魔法士の活躍が大体構築された。

その上で最後にレオナルドを馬車に乗せ、リドリーは一言物申さずにはいられなかった。

「レオナルド殿、魔獣退治の効率が悪くないか？　属性が反する魔法士を投入するのはいいが、適当に闘っているようにしか思えない。しかもあなたには後輩を育成する気がまったくないように思えるのだが？」

リドリーがこう言ったのも無理はない。魔獣退治に行く際、レオナルドは倒す魔獣の弱点を狙える属性の魔法士を連れていく。そこまではいいのだが、いざ闘いの場ではろくに指示も出さず、各自がんばれという適当極まりない采配しかしないのだ。

「おお、ベルナール皇子。よく俺のことを分かっているじゃないか。俺は育成なんかさらさら興味がない。やりたいものがやればいいだけだ。一人で魔獣退治に行ってもいいんだが、それじゃ駄目だと下の者がうるさくてな」

レオナルドは嬉々《きき》として頷いている。レオナルドは典型的な天才タイプだ。自分はできるから、できない者の気持ちが分からない。個人でしか動けない性格だし、もっとも上に立つ資質に欠けている者――こんな上司を持った魔法士たちに同情を禁じえない。

「何でお前が魔塔主なんだ？」

リドリーも呆《あき》れて言うしかなかった。

「一番魔力がある者が魔塔主という決まりがあってな。俺も面倒で仕方ない」

レオナルドが同調するように言う。

「魔塔主の態度は問題ですが、下の者がしっかりしているのでどうにか機能しているのでしょう。魔法士を上手《うま》く采配できる人員がいればいいかと」

アルタイル公爵も呆れているが、魔塔のことなのであまり口を出したくないようだ。魔法士たちに話を聞き、リドリーは惜しいと思ってしまった。自分が口出しできるなら、彼らを効率よく使い、金儲《かねもう》けすることだって可能だ。魔法の力を求める領主に金銭と引き換えに魔法士を貸すことだってできるのに、一切やってない。国から命じられて魔獣退治をしているだけで、あとはひたすら魔法の勉強をしているだけ。無駄の極みだ。客観的に見て魔塔は脅威にはならない。だからこそ皇帝も魔塔を放置しているのだろう。

（いや、俺が魔塔を強くするのは問題なんだけど）

じれったい思いでリドリーは歯噛《はが》みした。元の姿に戻った際に魔塔が力をつけてしまったら厄介だ。だが、この宝の持ち腐れを惜しいと思う自分がいる。

「レオナルド殿も竜退治は初めてなのだな？」

魔塔に関してはこれ以上口を突っ込むまいと思い、リドリーは話を変えた。

「ああ。魔獣はいろいろ退治したが、竜は初めてだ。文献には目を通したが、アルタイル公爵から話を聞きたいね。あなたのかつての部下が竜退治に赴いたのだから、生の声を聞いているだろう?」

レオナルドは面白そうにアルタイル公爵に話しかける。レオナルドはアルタイル公爵に敬語を使っていない。魔塔主という立場が、治外法権だからだろうか? 怒るかと思ったアルタイル公爵だが、魔塔主の態度を黙認している。

「話したくないなら無理には聞かないが、ベルナール皇子も聞きたいのでは?」

黙り込むアルタイル公爵に、レオナルドが首を傾ける。

竜退治に赴いた生存者は一人も残っていないが、アルタイル公爵は当時の騎士団長だったから誰よりも詳しい。とはいえ、部下がすべて死んだというのは騎士団長として不甲斐《ふがい》ない話だ。リドリーも話を聞きたかったが、面と向かって聞く度胸がなかったのでレオナルドが切り出してくれて助かった。

「……今でも帰還した騎士たちのことは覚えております。竜は二階建ての家屋のようにでかく、その口から吐き出される臭気は騎士たちから生気を奪ったと」

少しの沈黙の後、アルタイル公爵が語り始めた。二階建てとはかなりの大きさだ。前回の竜退治には騎士だけで赴いたので、魔法は試していない。魔法が通用しなかったら打つ手なしだが、仮にも生き物である以上、竜に魔法は通用するとリドリーは思っている。

「なかなかの大きさだな。竜にとっては人など蟻《あり》同然といったところか」

レオナルドが口笛を吹く。ふつうなら怯えるところだが、魔塔主であるレオナルドは意欲が湧いたようだ。

「動きはどうだろう？　素早いのだろうか？　それとも、大きいゆえに遅いとか？」

リドリーも積極的に質問した。

「騎士の話では、魔獣と対する時と同じ感じだったと。特に竜は空を支配するので、口から噴き出される火で辺り一面は焼け野原と化したそうです」

記憶を甦《よみがえ》らせながら、アルタイル公爵が答える。火竜が現れたら最悪ということか。幸い、今回村を襲っているのは土竜だが、火を噴かない代わりに臭気は漂う。臭気は人体にゆっくりと害を及ぼすので、対策が必要だ。ある程度の臭気は祝福の効果で払えるだろう。

「とはいえ、前回は剣のみで闘ったので、魔法士のいる今回は無事に任務を終えることでしょう。私はそう信じております」

悲観的な話ばかりはよくないと思ったのか、アルタイル公爵がつけ加えた。

移動は順調に行われ、野営をすることもあったが、ほとんどは宿泊所に泊まれた。領主の城に泊めてもらう際には食料の提供もあったので、思ったよりも身体《からだ》は楽だった。遠征でもっとも気を遣わねばならないのは食料と寝床だとリドリーは思っている。十分な睡眠と飢えない食料事情があれば、騎士たちは十二分に力を発揮できる。

十日目の夕刻、一行はホーヘン村へ辿《たど》り着いた。ホーヘン村は百人足らずの規模の、村民総出で麦や芋を栽培している農村だ。途中雨が降り、予定したよりも半日遅い到着となった。ホーヘン村の村長である老人は、皇家の指揮する一行が現れ、震えるほど緊張していた。それもそのはず、本来なら今夜はヴォーゲル伯爵の城に泊まるはずだった。

今回ミミルからホーヘン村の事情を聞かされ、リドリーには思うところがあった。ミミルはあらかじめ村長へ連絡を入れようとしたのだが、わざと連絡をするなと止めておいた。抜き打ち検査ではないが、素の状態のホーヘン村を知りたかったのだ。

「村長、申し訳ない。ヴォーゲル伯爵の城に泊まる予定だったが、今宵《こよい》はここに野営を張っていいだろうか？」

リドリー自ら村長に挨拶に行くと、村長は地面に頭をこすりつけそうなくらい低くして「も、もちろんでございます！」と頷いた。

「村長、お久しぶりです。ミミルです」

リドリーの後ろからひょこっと顔を現したのは、ミミルだ。

「お、お前はミミルか……、ああ、元気でやっているようだなぁ」

村長はミミルの顔を覚えていたらしく、やっと強張《こわば》っていた身体から力を抜いた。村の入り口前で村長と話をしていたので、村人たちが遠巻きにこちらを眺めている。村民は百名の騎士や魔法士という団体に、おっかなびっくりという様子だ。

「こちらはアルタイル公爵、こちらの二人は私の護衛騎士だ」

リドリーは自分の周りを固める三人を村長に紹介し、「すまないが水だけ用意してもらえるだろうか」とにこやかに頼んだ。皇子であるリドリーは本来ならへりくだる必要はまったくないのだが、突然の高貴なる存在の出現に緊張する村人たちの気持ちを和らげたかった。

「急ぎ、ご用意します」

村長はすぐさま村人に水を用意するよう指示をした。ざわついていた村人たちは、ミミルの姿を見つけ、興味津々でこちらを覗《のぞ》いている。

「我らはモンサル村へ竜退治に赴く途中だ。ついでにこの辺りの村を視察したい」

リドリーは村人へ声をかけた。竜退治と聞き、目に見えて村人たちが安堵《あんど》の表情を浮かべる。彼らが恐れていたのは、どこかの国との戦争だ。大勢の騎士たちが押しかけたので、戦争が始まったのではないかと不安だったのだろう。

リドリーたちは村の近くに野営を張った。村長が食料を分けようとしてきたが、十分足りているので遠慮しておいた。パッと見た感じ、それほど裕福な村には見えない。

「シュルツ、エドワード。村の手伝いでもして、情報を集めてこい。子どもが領主に連れていかれる話が本当かどうか」

寝床を整えているシュルツとエドワードにリドリーは命じた。二人とも即座に「はっ」と敬礼し、村の中へ入っていく。ミミルは両親がすでに亡くなっているようで、叔母の家に今夜は泊まると言っている。野営地では騎士たちがそれぞれテントを張り、食事の準備をしていた。

リドリーはテントを出て、アルタイル公爵の傍《そば》へ進んだ。アルタイル公爵の従騎士が、火を起こし、スープを入れた鍋に具材を入れている。旅の日程が進むにつれ、騎士たちとはある程度の絆《きずな》が生まれた。辺境地に行った際も、アンティブル王国へ行った際も、伴ったのは近衛騎士だった。今回、騎士団の精鋭と旅をするに当たり、リドリーは積極的に騎士に声をかけ、交流を持った。最初は警戒していた騎士たちも、リドリーが文句ひとつ言わずに行軍を続けたので、皇子のわがままがなくなったのは本当だったと胸を撫《な》で下ろしているらしい。過去にベルナール皇子が残した悪い噂《うわさ》を払拭するのはけっこう骨が折れるものだ。

「皇子、ミミルという娘の頼みを聞いてやるのですか？」

火を起こした傍にあぐらをかき、アルタイル公爵がじっと見つめてきた。

「まずは情報を集めてから考えるつもりだ。ヴォーゲル伯爵に一言物申すにしても、見当違いの話はできないからな」

リドリーは騎士たちが入れた白湯を口にして言った。アルタイル公爵は貴族の筆頭であるゆえに、リドリーが平民に加担しすぎるのを警戒している。

「……私が何か申す必要はないようですな」

慎重な態度を示したせいか、アルタイル公爵も納得したようだ。一時間ほどして、シュルツとエドワードが野営地に戻ってきた。二人とも浮かない顔つきだ。

「申し訳ありません、皇子。村民の口は堅く、ほとんど話が聞けませんでした」

面目ないという様子で、シュルツとエドワードが報告する。

「……シャドールも連れてくるべきだったか」

ついリドリーは呟《つぶや》いてしまい、シュルツの絶望的な表情を引き出してしまった。剣の技巧は申し分のない二人だが、情報収集は不得手だったようだ。こんな時に口から生まれたと評判のシャドールがいれば、村人たちの警戒を解いて情報を得られたのだが。

「も、もう一度村民に話を……っ、力ずくでも」

剣に手をかけ、シュルツが物騒な表情で村へ戻ろうとする。急いでそれを止めて、二人を座らせた。

「シュルツはともかく、エドワード、お前はその綺麗《きれい》な顔で若い娘に話を聞くとかできなかったのか？　ちょっと微笑めば、何でも話してくれるだろう？」

反省するエドワードに話を向けると、うっすら頬を赤くする。

「そのような真似《まね》はしたことがなく……、男性にばかり話を聞いていました」

シュルツもエドワードも不器用な人間というのがよく分かった。

「天下のソードマスターと帝国一の美貌と名高い騎士も、苦手なことがあるのだなぁ」

いつから見ていたのか、レオナルドが面白そうに近づいてくる。リドリーはふと思いついて、立ち上がった。

「俺とレオナルド殿が探りを入れてこよう。お前らはここで待機していてくれ」

　リドリーはレオナルドの肩をぽんと叩《たた》き、青ざめるシュルツを手で払った。

「そ、そんな皇子……」

　シュルツは待機を命じられて、この世の終わりみたいに嘆いている。後ろに屈強な男を従えて探りを入れるのは無理があるので、ここに残れと命じておいた。こんな素朴な村で危険があるとは思えないが、一応魔塔主であるレオナルドがいればたいていの困難は乗り越えられるだろう。レオナルドも何か楽しいことが起こりそうだとリドリーについてくる。

　村の中へ入ると、ひれ伏そうとする村民にミミルの叔母の家を尋ねた。ミミルの叔母は村の外れにこぢんまりとした一軒家を構えていた。

「皇子様！　魔塔主様！」

　リドリーとレオナルドが訪問すると、ドアを開けたミミルが目を見開く。

「少し話をしたいのだが、いいかな？」

　リドリーがにこやかに言うと、ミミルが中に招いてくれる。ミミルの叔母が焦ったように椅子から立ち上がった。ミミルの叔母はミエールという名で、四十代半ばの亜麻色の髪の女性だった。夫に去年先立たれ、薬師として細々と生計を立てている。

「ミミルがお世話になっております。高貴な方をお招きする常識も知らず、申し訳ありません」

ミエールは、皇子と魔塔主に緊張して何度も頭を下げる。着ているものはつぎはぎだらけで、昔の衣服を繕って使い続けているようだ。家の中も裕福とはほど遠く、作業台には薬草が束ねてある。帝国は富める国と言われているが、地方の農村はやはり貧しい。ミミルは叔母に持ってきた布や茶葉、香辛料を土産代わりに手渡している。汚いですが、とミエールはリドリーとレオナルドをテーブルに招いた。ミミルがくれた茶葉を使ってお茶を淹《い》れる。

「気にしないでくれ。ミミルは幼いながら魔法士として素晴らしい活躍をしている。そうだな、レオナルド」

リドリーはがたつく椅子に座り、横にいるレオナルドに話を振った。

「ああ、治癒魔法に関して、ミミルは将来トップに立てるだけの才能がある。聖女になっても驚かないね」

お世辞を言えないレオナルドが素直にそう言うくらいなので、ミミルの才能はすごいのだろう。ミエールも自分のことのように誇らしげに微笑んでいる。

「叔母さん、皇子様はヴォーゲル伯爵に子どもたちを連れていかないよう、言ってくれるとおっしゃったのよ。最近は大丈夫？　子どもたちは無事？」

ミミルは意気込んで言う。とたんにミエールの顔色が悪くなり、おろおろとこちらを見た。

「めったなことを言うものではないよ、ミミル。子どもたちは何もないんだから」

ミエールは引き攣《つ》った笑みで視線を避ける。伯爵の悪口など言ったら、不敬罪が適用される可能性がある。帝国法はあくまで貴族を優遇しているので、平民にとっては些細《ささい》な発言も命とりだ。

「不敬罪に関しては気にしないでくれ。それよりもヴォーゲル伯爵が本当に子どもたちを無理やり連れていこうとしているなら、皇子として見逃すわけにはいかないからね」

ミエールを安心させるように、リドリーは真摯な態度をとった。わずかにミエールも緊張を弛めたが、それでも口を開く様子はない。

「叔母さん、どうして黙っているの？　あの領主は見目のいい子を無理やり連れていくじゃない。私だって、魔法士の才能がなかったら危なかったのに……」

ミミルは叔母の沈黙を不甲斐ないと思ってか、テーブルを叩いて責め立てる。

「……無理やりではないよ。連れていかれた子の元へは金子が届けられるから……」

ミミルに責められ、ミエールは苦しそうに漏らした。要するに子どもを売ったことになっているのか。とても単純な話だ。ヴォーゲル伯爵は気に入った子どもを城へ連れていき、文句を言われないように親へは金を差し出す。奴隷法がある帝国では、金子を受け取った時点でヴォーゲル伯爵に罪はない。

「城に連れていかれた子がどんな目に遭ってるか、知ってるでしょ！　幼くて可愛《かわい》い女の子ばかり！　あの変態伯爵の餌食になっているのよ！」

ミミルは涙ぐんで怒鳴りだす。ヴォーゲル伯爵は幼女を愛《め》でる変態らしい。

「なるほど、だからここの村の子どもたちは皆、汚れているんだな」

納得したようにレオナルドが頷いた。リドリーもそれには気づいていた。大人は汚れた身なりをしていないのに、子どもたちの顔は泥がついて、衣服もみすぼらしかった。おそらくヴォーゲル伯爵に目をつけられないように、わざと汚しているのだろう。

ミエールは暗い顔つきで肩を落とす。諦めという文字がミエールだけでなく、村の中に蔓延《はびこ》っているようだった。ヴォーゲル伯爵の領地民は皆こうして理不尽に耐えているかと思うと憐《あわ》れだった。

重苦しい沈黙をかき消すように、ドアが激しく叩かれた。

「ミエール、うちの子が来ていないかい？　こんな時間なのに帰ってこないんだよ！」

ドア越しに中年女性の悲痛な声がする。ドアを開けに行ったミエールは、困惑したようにこちらを振り返る。まさか噂の変態伯爵が子どもを連れて行ったのだろうかと、リドリーたちも身構えた。

「ああ、ミエール！　あの子、森に行ったから、きっと魔女に攫《さら》われたんだ！」

ミエールがドアを開けると、ドア越しに叫んでいた中年女性がわっと泣き崩れる。それを支えながら、ミエールは必死に慰める。魔女、と聞き、リドリーは思わず立ち上がっていた。

「どうかされましたか？　魔女に攫われたとは？」

リドリーが泣き崩れる中年女性の手を取ると、まさか客がいるとは思っていなかったのか、中年女性が「きゃっ」と声を上げて身を固くする。

「も、申し訳ありません……っ、ミエールだけかと思い」

中年女性は真っ青になって身を固くする。

「ご心配なく。こちらのお宅にお話があって伺っただけです。それより魔女に攫われたとはどういうことでしょう？　まさか噂の伯爵が魔女を召し抱えていると？」

リドリーは中年女性を落ち着かせ、優しく問うた。中年女性はリドリーに背中を撫でられ、おろおろしつつ立ち上がった。

「……いえ、伯爵とは関係なく……、その、最近村の子どもたちが森に行ったまま戻ってこないことが多くて……森には魔女が棲《す》んでいるから……」

リドリーに見つめられ、中年女性はうわ言のように答えた。人攫いが勃発しているのだろうか。伯爵だけでなく、魔女も子どもを攫うらしい。

（魔女か……）

ヴォーゲル伯爵の話はどうでもいいが、魔女の話は聞き捨てならなかった。

「こんな時間に森に残っているとは、心配ですね。村長に頼んで、探しに行かせましょうか」

リドリーは子どもを案ずる中年女性の気持ちを慮《おもんぱか》って、申し出た。だが、中年女性もミエールもうつむいている。

「森には……人々を迷わす妖精が棲んでいるんです。森に棲んでいる魔女が、人々が来ないよう術を施していると言われています。誰も行ってくれるはずがありません」

ドアの近くにいたミミルがしょんぼりして言う。探しに行くだけ無駄だと言いたいのだろう。

「面白いじゃないか！」

それまで黙っていたレオナルドが、急に目を輝かせて叫ぶ。

「どんな術を使っているのか興味がある！　俺が行ってこようじゃないか！」

先ほどまでダラダラしていた癖に、レオナルドは術と聞きすっかり興奮している。魔法馬鹿なのだろう。だが、好都合だ。

「それはいいいな。俺も行ってみよう。子どもたちが気になるからね」

リドリーは笑顔で提案した。気になるのは子どもではなく魔女だが、ここはあくまで子どもを労《いたわ》る皇子でいきたい。

「そ、そんな……大丈夫なのですか？」

中年女性もミエールも、皇子と魔塔主が森へ子どもを捜しに行くとなって、震えている。皇子の身に危険が起きたら、自分たちのせいになるのではないかと恐れているのだろう。

「心配いらない。今夜は冷えるから、暖かくして家で待っていてくれ」

リドリーは親しげにレオナルドの肩を抱き、安請け合いをした。

野営地に戻り、森へ子どもの捜索に行くという話をすると、アルタイル公爵を筆頭に大反対が起こった。

「皇子、御身を危険にさらす真似は看過できません。日程の都合もあります。今は身体を休めることこそ大事ではありませんか？」

アルタイル公爵に頭ごなしに否定され、リドリーはふうとため息をこぼした。

「公爵、俺はずっと馬車に揺られていただけで、何も疲れていない。日程に関しては俺も分かっている。ちょっと見てくるだけだ」

「しかし……っ」

さらに止めようとしてくるアルタイル公爵を、リドリーは手で制した。

「帝国一の魔塔主と、消えた子どもを捜しに行くだけだ。すぐに帰ってくる。公爵はここで待機していてくれ」

リドリーは止めようとするアルタイル公爵をぴしゃりと封じ込めた。

「私たちはご一緒します」

シュルツとエドワードが急いでリドリーに駆け寄る。無論、二人にはついてきてもらうつもりだった。

「ニックスはいるか？」

リドリーはテントから出て、ニックスの姿を捜した。ニックスは魔法士たちと親しげに話しているところで、リドリーの声に軽やかに駆けつける。

「俺が朝まで帰らなかったら、騎士を数名連れて隣村へ例のものを取りに行ってくれないか？」

すぐに戻るつもりだが、念のため、時間を無駄にしないよう手配だけはしておかねばならない。リドリーの命令にニックスは「心得ました」と軽く頷く。火薬の原料となるものは取り扱いに注意が必要なので、ニックスのような信頼できる者にしか任せられない。

「本当に行かれるおつもりですか」

アルタイル公爵は渋い表情だ。

「ご心配なさるな。俺がいれば問題ない」

レオナルドは胸を叩いて言う。不満そうなアルタイル公爵を残し、リドリーはレオナルドとシュルツ、エドワードを伴って森へ向かった。ホーヘン村の北の方角に少し進むと、鬱蒼《うっそう》と生い茂る森が広がっている。目印も何もない森の中は、月明かりだけが照らす暗闇だった。シュルツとエドワードがカンテラを掲げ辺りを照らし出した。

「レオナルド殿、分かるか？」

リドリーは周囲に感覚を広げ、尋ねた。何かしらの魔力を感じるが、どんな術がかかっているか分からない。レオナルドは無言で無造作に生える木の上辺りを見回す。

「方向感覚を狂わせる精霊魔法がかけられているようだ。解除しよう」

腰から杖《つえ》を引き抜き、レオナルドが低い声で呪文を唱える。するとパチンと何かが弾《はじ》けた音がした。リドリーは目を見開き、レオナルドを振り返る。

「そんな簡単に解けるものなのか？」

さらりとやってのけているが、誰かの魔法を消すのは容易なことではない。

「自分より劣る能力の者がかけた術など、消すのは容易《たやす》いことだ」

レオナルドは威張るでもなくあっさり言う。火魔法以外は使えないリドリーにはその言葉が真実かどうか確かめる術《すべ》はない。魔塔主のレオナルドは風魔法、水魔法、闇魔法を扱える上に魔法に関する書物をすべて読み解けるのでリドリーが知らない多くの魔法を使える。

「人の気配を辿ってみよう」

レオナルドはそう言うなり、杖をぐるぐると回し始めた。すると暗闇の中、うっすらと光る痕跡が木々の間に現れる。

「これは落ち葉や土に残った靴跡を示すものだ。大勢の人が踏み荒らした土地では無理だが、ふだん人の寄りつかない森の中なら有効だ」

レオナルドは足跡を辿りながら教えてくれる。

「何て有能なんだ、すごい才能だ」

レオナルドの後をついて歩きつつ、リドリーは感嘆して言った。宰相としてもっとも高揚するのは、優秀な人材を見つけた時だ。この男がアンティブル王国にいればと悔やまれてならない。

「おっ、少しは俺を認めてくれたか？」

木々の間を進みつつ、レオナルドが嬉《うれ》しそうに振り返る。

「レオナルド殿の才能は最初から認めている」

「敬称はいらない。レオと呼べ」

肩を並べて歩いていると、レオナルドがにやりとした。愛称で呼べるのは親しい間柄だけだ。一瞬拒絶しようかと思ったが、レオナルドの有能さは捨てがたかった。自分の正体がばれて危機に陥ったとしても、レオナルドを味方につけておけば役立つかもしれない。

「では、レオと呼ばせてもらおう。レオ、こんな夜中につき合ってくれてありがとう」

リドリーが微笑むと、レオナルドが肩に腕を回してきた。紅玉の瞳が、間近からリドリーを見つめる。

「皇族がそんなまともな言葉を吐くとは驚きだ。ふーむ、たかが平民の子どもを捜しに行ったり、魔法士とはいえ平民のミミルの願いを聞き届けたりするとは、皇子は子どもに対する思い入れでもあるのか？　西地区の焼け出された孤児たちにも手を差し伸べたとか？」

吐息がかかるほどの距離でじっと見つめられ、リドリーはとっさに返事ができなかった。リドリーが何か答える前に、背後にいたシュルツが、レオナルドの襟首をひっつかみ、引きはがす。

「魔塔主殿、皇子殿下に無礼な真似は控えていただきたい」

シュルツは馴《な》れ馴《な》れしく肩を組んだレオナルドが気に食わないらしく、今にも剣を抜きそうな威圧感だ。レオナルドも笑いながら両手を上げ、リドリーから離れた。

子どもに対する思い入れと言われ、それは確かにあるかもしれないと思った。自分自身が頼れる大人のいない環境で育ったから、子どもへ手を差し伸べることが自分自身への労りともなっていた。

(まだ俺は子どもの頃のトラウマを抱えているのかもな)

子ども時代について記憶を辿ると、どうしても十歳の頃に起きた事件が頭を過《よぎ》る。両親と共に出かけた先で、リドリーは盗賊団に攫われた。あの時の恐怖と絶望、誰も助けてくれないという諦めの気持ちは未《いま》だに自分の中に残っている。狭い場所に閉じ込められ、盗賊たちの話を扉越しに聞いていた。閉所恐怖症になってしまった事件だ。両親は身代金を用意できず、リドリーは死ぬ運命にあった。助けてくれたのは、裏通りを根城としている子どもたちだった。無論、着ていた高価な衣服や時計と引き換えだったが、それでもリドリーにとって命の恩人だった。

「この辺りに別の子どもの足跡も残っているな」

足跡の尾行を続けたレオナルドが、三十分ほどしてカンテラの明かりを地面に近づけた。人

を惑わす森と言われているが、子どもの足跡は迷うことなく続いている。森に魔法をかけたのが魔女だとすると、魔女は子どもを呼び寄せたのだろうか？　森に消えた子どもは一人ではないという話だから、その可能性は高い。

「見て下さい、明かりが」

エドワードが針葉樹の葉の隙間に明かりが見えると知らせた。急ぎ足で進むと、ぼんやりと家屋が見える。木々に囲まれた赤い屋根の小さな一軒家で、辺境伯の領地で見かけた魔女の家を思い出した。

「子どもたちはあそこにいるようだな」

レオナルドは杖で背中を掻き、家に近づく。リドリーも急ぎ足になったが、それより早くシュルツとエドワードが前に出た。

「皇子、我々が安全を確かめてからにして下さい」

エドワードに厳しく諭され、リドリーは素直に後ろに下がった。

「誰だい！　アタシの敷地に侵入するのは！」

生け垣に近づいたシュルツに向かって、突然、甲高い声が響き渡った。赤い屋根の家のドアが激しく開かれ、黒いローブを羽織った白髪交じりの女性が飛び出てくる。小柄で背中の曲がった老婆だ。噂の魔女だろう。

「我々は怪しいものではない。ここにおられるのは皇子殿下と魔塔主、我らは護衛騎士だ」

シュルツは老婆と見て取り、礼儀正しい態度で一歩前に出る。老婆は皇子殿下と聞き、あんぐり口を開けてリドリーのほうを見た。リドリーが恭《うやうや》しく一礼すると、薄紫色の瞳を確認して腰を抜かす。

「な、何で皇子殿下がここに……っ、そもそもここへ大人は来られないはずなのに……っ」

老婆は玄関前で腰が抜けて動けなくなっている。すると明かりのついた部屋の奥から、ぞろぞろと子どもたちが出てくる。

「魔女様、どうしたの？」

「伯爵が僕たちを捕まえにきたの？」

不安そうな声で小さな子どもたちがこちらを上目遣いで見てくる。歳《とし》の頃は五、六歳から十二、三歳といったところだろうか。六人の子どもたちが手を繋《つな》いだ状態で震えている。その姿に老婆はハッとして、「お前たち、隠れていなさい！」と座り込んだまま叫んだ。

「ご老人、畏れる必要はない。我々は別にあなたを捕まえに来たわけでもないし、子どもたちを無理に連れていくつもりもない」

リドリーはすっと前に出て、腰を抜かしたままの老婆に屈《かが》み込んで手を差し出した。子どもたちの老婆に対する信頼を感じ取り、目の前の魔女は人さらいではないと直感した。

「おお……その瞳はまさしく皇家の……」

老婆はリドリーの瞳を恐れて平伏する。

「話を聞かせてくれないか？　シュルツ、ご老人を中へ運んでくれ」

リドリーはシュルツに命じ、子どもたちに安心するよう微笑んだ。皇子など見たことがない子どもたちはぽかんとしている。村の子どもたちは泥だらけだったが、ここにいる子どもたちは綺麗な肌をしている。どの子も可愛らしい容姿で、何となく真相が読めてきた。

「失礼する」

シュルツは老婆を軽々と横抱きに抱え、有無を言わさずそのまま中へ足を踏み込んだ。


老婆を小さなベッドに寝かせ、リドリーたちは自分たちの状況を明かした。竜退治に行く途中で寄った村で、森へ行ったまま帰らない子どもがいると聞きつけ捜しにきたこと。子どもたちは竜退治と聞き目を輝かせ、話をせがんできた。どの子も老婆を慕っているようで、そこは穏やかで温かい空気に満ちていた。

「魔女様を責めないで。わたしたちが、勝手にここへ来たの」

子どもたちの中でも一番年齢が上の女の子が、目を潤ませて訴えてきた。

「伯爵が子どもたちを攫うって言うから、怖かったの。だから逃げてきたの」

あどけない顔の女の子も泣きそうな顔で答える。

子どもたちの話を総合すると、ヴォーゲル伯爵に目をつけられそうな見目のいい子どもたちは、大人たちの話を聞き、攫われるよりはマシと森に棲む魔女の家を頼ってきたらしい。まだヴォーゲル伯爵が目をつけたかどうかも分からない子もいて、子ども特有の思い込みの激しさで行動したのが分かった。魔女は子どもたちを哀れに思い、好きなだけここで暮らすがいいと受け入れていた。幸い、魔女の家の庭には野菜がたくさん実っていて、子どもたちは飢えていなかった。森には大人だけが方向感覚が狂うような精霊魔法がかけられていて、逃げた子どもだけを保護できる仕組みになっていた。

「事情は分かった。とはいえ、子どもが消えた家庭ではそれを良しとしない者もいるだろう。子どもたちの両親が返してくれと言ったら、魔女様はそれに応じてくれるかな?」

ベッドに寝ている老婆にリドリーが話を向けると、大きく咳《せ》き込んでうつむく。

「アタシはもう長くない……。どのみちこんな真似、長く続かないと思っていたさ。あの変態野郎がいなけりゃ……」

老婆は悄然《しょうぜん》と呟く。子どもたちが心配するように老婆の傍に集まった。

「ヴォーゲル伯爵のことは俺に任せてくれないか?」

リドリーは思いついたことがあって、にやりとした。老婆だけでなく、シュルツやエドワード、レオナルドまで目を丸くする。

「要はその変態伯爵にこれ以上罪を重ねさせないようにすればいいのだろう?　その件が片づ

けば、子どもたちを家へ帰しても問題ないな？」

確認するようにリドリーが問うと、老婆は呑《の》まれたように頷く。どのみち森にかけられた魔法はレオナルドが解いたので、いずれ大人たちが子どもを捜しにここへやってくるだろう。

「ヴォーゲル伯爵を諌めるのですか？　言って聞くような方ならよいですが」

シュルツは難しい顔つきだ。

「シュルツ、幼女が好きな変態だぞ？　言って聞くわけないだろうが」

リドリーは呆れて肩をすくめた。シュルツとエドワードが困惑して顔を見合わせる。ミミルの願いはヴォーゲル伯爵を諌めることだったが、そんなことくらいで性根がよくなる人間は、そもそもこんなことはしない。それに性癖というのは厄介なもので、抑えようとしても抑えられないのが世の常だ。六人の変態奴隷を所有しているリドリーは彼らがどれほど人の話を聞かないか知っている。

「罠《わな》に嵌《は》めて抹殺しよう。それが一番だ」

にこやかにリドリーが言うと、レオナルドがぶはっと噴き出し、シュルツとエドワードが呆《あっ》気《け》に取られて固まった。

明け方すぎにリドリーたちは村へ戻った。指示していたニックスと騎士たちはすでに隣村へ向かったという。

リドリーは子どもが森へ行ったまま帰らないという母親の家へ行き、子どもは森に棲む魔女の下で庇護《ひご》されているという話をした。ヴォーゲル伯爵に子どもに無体を働かないよう言ってみるので、少しの間、子どもを森に置いておいてくれと頼んだ。

「やっぱり伯爵のことで家を出たのですね……分かりました」

子どもの両親は沈痛な面持ちだ。その家には他にも森へ消えた子どもの両親が集まっていて、事情を知り涙ぐんでいる。

「どうか、皇子殿下、私らの大切な子を奪わないよう、皇子殿下の力で助けて下さい」

村の人々はリドリーの元に集まり、膝をついて頼み込んでくる。

「子は帝国の宝だ。心配するな、これから伯爵の城へ行くので、暴挙を諫めておこう」

リドリーは村人たちに優しく微笑み、彼らを帰らせた。村人の顔には皇子にすがりたいという一縷《いちる》の望みと、どうせ口だけだろうという諦めが混じり合っていた。

午後にはテントを片付け、リドリーたちは出発することにした。馬には十分水と餌を与え、温かい食事をとってからの移動となった。この辺りは道も舗装されておらず、馬車の揺れもひどいものだ。ホーヘン村を出て一時間も走ると、カザン村への分かれ道についた。そこにはすでにニックスと騎士数名がいて、用意させておいた火薬の原料を詰めた樽《たる》を守っている。

「ご苦労だった。馬車に載せてくれ」

リドリーは馬車から降り、火薬を詰めた樽を馬車で運ばせた。火薬を詰めた樽は激しい接触を起こすと爆発する危険性があるので、皇家が使う振動の少ない馬車に載せる必要がある。万が一のことを考え、レオナルドに樽を魔法で保定させるよう命じた。ここからはリドリーたちは馬での移動になる。

「慎重に進めよ」

御者の男に絶対に転倒させるなと言い含め、隊列を動かした。騎士たちも馬車に火薬を詰めた樽があると知り、心なしか緊張している。

ゆっくりと隊列を進ませたこともあり、ヴォーゲル伯爵の城へ辿り着いたのは、日暮れ時だった。城が目に入ると、リドリーは後続の魔法士を乗せた馬車を止めた。

「ミミル、ローブを脱いで来い」

リドリーはミミルを呼びつけた。ミミルはあらかじめ打ち合わせていた通り、魔法士の階級を示す青いローブを脱ぎ、着古した木綿のワンピース姿でリドリーの元へ駆けつけた。リドリーはミミルに手を差し出し、自分が乗っていた馬に乗せた。シュルツやアルタイル公爵、エドワードが不思議そうにそれを見ている。

リドリーはミミルを前に乗せ、馬でヴォーゲル伯爵の城へ入った。伯爵の城の兵たちがリドリーを領主であるヴォーゲル伯爵の元へ案内する。兵たちは皇子が連れている可憐《かれん》な容姿の平民の少女は何者だろうと困惑している。ヴォーゲル伯爵の城はそれほど大きくはないが煉瓦《れんが》造りの洒落《しゃれ》たものだった。小高い丘に造られ、城壁は様々な形の石を組み合わせた強固なものだ。

「おお、ベルナール皇子殿下！　おいでをお待ちしておりましたぞ！」

正面玄関で待ち構えていたのは、口ひげを生やした背の高い中年男性だった。脂ぎった感じの頭部の薄い男性で、青い派手な礼服で出迎えた。リドリーが合図すると、騎士たちは下馬し、馬車を城壁の傍に待機させる。

「ヴォーゲル伯爵か。一晩、世話になるぞ」

リドリーは馬に乗ったまま、ヴォーゲル伯爵を見下ろして告げた。リドリーの前に乗っていたミミルは、憎悪をたぎらせた瞳でヴォーゲル伯爵を見据えている。リドリーはその目元を手で覆い、優しく抱きしめた。

「手はずは分かっているな？　お前にかかっているぞ」

リドリーはミミルの耳元で囁《ささや》いた。ハッとしたようにミミルの肩が震え、こくりと頷く。リドリーはそれを確認して馬から降りた。リドリーの横にはアルタイル公爵やシュルツ、エドワードがついた。ヴォーゲル伯爵はアルタイル公爵に恐れをなしつつ、丁重に頭を下げてきた。

「皇子殿下、その子どもは……？」

リドリーが一緒に乗っていた少女を馬から降ろすのを見やり、ヴォーゲル伯爵が首をかしげる。

「ああ、ホーヘン村から道案内をしてもらったのだ。この辺りの地理は疎いからな。薬師の叔母の下に住んでいる……名前を何と言ったかな?」

リドリーはミミルを地面に降ろし、首をかしげて尋ねた。

「ミミルと申します」

ミミルは恥ずかしさを堪《こら》えるようにもじもじとして言う。ミミルの白い頬が色づくように赤くなり、ヴォーゲル伯爵を見上げる。ヴォーゲル伯爵は吸い込まれたようにミミルを見つめ、わざとらしく咳払《せきばら》いした。

「ホーヘン村にこのような……、ああ、そういえば数年前に見かけたような! 確か魔法士になったのではなかったか?」

ヴォーゲル伯爵は目を輝かせ、ぽんと手を打つ。ミミルの顔に見覚えがあったようだ。ふっとその瞳の色に情欲が揺らめき、舐《な》めるような眼差《まなざ》しでミミルを観察する。ミミルは十三歳だが、幼い顔つきなので、ヴォーゲル伯爵の色眼鏡にかなったらしい。

「実は魔力が少なくて、魔塔から追い出されてしまったのです……。両親は亡くなっているので、今は叔母の家で薬師の手伝いをしております」

ミミルは涙ぐんで答える。ミミルはヴォーゲル伯爵の好む幼女のタイプを聞いていたそうで、大人しい気弱な少女を演じている。

「ここまでの道案内ご苦労だった。ヴォーゲル伯爵、空いている兵に少女を村まで送り届けさせてくれ。ミミル、これはお礼だよ」

リドリーはミミルの手に、金が入った小袋を握らせた。

「あ、ありがとうございます！　これでしばらく暮らしていけます！」

ミミルは感激した様子で小袋を握りしめる。

「少々お待ちを。うちの兵に頼みましょう」

ヴォーゲル伯爵はちらちらとミミルを見ながら、奥へ引っ込んだ。少し離れた場所で、一人の兵を捕まえ、何事か耳打ちしている。戻ってきた時は、陰鬱な表情の兵が馬を引いてやってきた。

「彼に村まで送らせましょう。頼んだぞ」

ヴォーゲル伯爵は下卑た笑みを浮かべながら兵に目配せする。兵は気乗りのしない様子でミミルを馬に乗せ、城から連れ出した。

リドリーはヴォーゲル伯爵の案内の元、城に足を踏み入れた。使用人が多く、やけに若い女性が多かった。まだ年端もいかない少女も床を磨いている。

「ずいぶん幼い使用人が多いのですね」

リドリーは気になってヴォーゲル伯爵に問うた。

「ええ、近隣の村から募っているのですよ。城で働けるのは栄誉なことですからなぁ」

悪びれた様子もなく、ヴォーゲル伯爵は笑う。幼い顔つきの少女たちは怯えた様子で掃除をしている。皆暗い表情で、もくもくと働いている。

「今宵はこの部屋をお使い下さい。高貴な方をお泊めするにふさわしい部屋です」

孔雀《くじゃく》の間というプレートのかかった部屋は、派手な壁紙に高級そうな調度品、贅《ぜい》を尽くした寝台と確かに権力者のためのもののようだ。リドリーは部屋を見回し、満足そうに頷いた。

シュルツは持ち運んだリドリーの旅行鞄《かばん》を床に下ろした。

「気遣いに感謝する。この礼はのちほどたっぷりしよう」

リドリーが満面の笑みで言うと、ヴォーゲル伯爵も嬉しそうに手を揉《も》んだ。

「ときに伯爵夫人は領地におられないのかな?」

ここへ来るまでの間、ヴォーゲル伯爵の祖母や従兄弟《いとこ》という者は挨拶に来たが、肝心の伯爵夫人は姿を現さなかった。

「妻は帝都のタウンハウスのほうに留《とど》まっております。お恥ずかしながら、夫婦仲はあまりよくないので」

ヴォーゲル伯爵が肩をすくめて答えた。

（まぁ幼女趣味の旦那と仲がいいわけないか……）

リドリーも納得して、「そうなのか」と流した。アルタイル公爵やシュルツ、エドワードといった高位貴族の部屋はそれぞれ用意されていたが、騎士を占める下位貴族の部屋は大部屋を宛がわれた。食事さえあれば野営よりはマシだろう。シュルツはリドリーをお守りすると言って、強引に隣の部屋をとった。

「どうぞ、領地で作られているお茶でございます」

ヴォーゲル伯爵と話していると、メイド姿の若い女性がお茶を運んできた。まだ十代半ばの豊満な胸のメイドで、ちらりと見えた首元に情事を匂わせる鬱血した痕が残っていた。メイドを見やるヴォーゲル伯爵の卑猥《ひわい》な目つきで、お手付きだとすぐに分かる。

（なるほど。近隣の村から見目のいい幼女を城へ連れ込み、欲望を満たす傍ら、使用人として働かせているのか）

大体のところは分かったので、もうヴォーゲル伯爵に用はなかった。食事の時まで疲れを癒したいと告げ、リドリーはヴォーゲル伯爵を追い払った。

メイドの淹れたお茶を嗜《たしな》んでいると、アルタイル公爵を先頭にエドワード、レオナルドが集まってくる。

「皇子、先ほどの茶番についてご説明願えるのでしょうな？」

アルタイル公爵はにこりともせず、目の前に立ち、質問してくる。リドリーがミミルをまるで村に住んでいる子どものように扱ったからだろう。特に説明はしなかったが、彼らは黙ってリドリーのやることを見守っていた。

「ヴォーゲル伯爵は領地内に住む幼女を城に連れ込んで、手籠めにした上に城で働かせる変態領主ということは了解してくれたかな？」

茶器をテーブルに戻して言うと、アルタイル公爵が眉根を寄せる。

「領地でのことは……なかなかよその者には伝わりませんね。帝国貴族としてあるまじき非道な行いですが」

エドワードもヴォーゲル伯爵に思うところはあるのか、珍しく顰《しか》めっ面だ。

「帝国法では、平民をいくらさらっても大した罪にはならない。両親にはそれなりの金子が与えられているようだし、こうして仕事まで与えているから、法的にも人道的にも責めるのは難しい。——というわけで、ミミルには囮《おとり》になってもらうことにした」

リドリーはにっこりとして言った。

「ほう……。囮、とは？」

レオナルドが面白そうに顎を撫でる。

「平民だから罪にならないのだから、貴族の子女なら罪に問えるだろう。公爵、誰か男爵家辺りの者でミミルを養女にしてもいい騎士はいないか？　ミミルは有望な魔法士だし、旨味《うまみ》はあるだろう」

リドリーは身を乗り出してアルタイル公爵に尋ねた。わざとミミルをヴォーゲル伯爵に見せつけ、その存在を目に留まらせた。お金に困っていることや、両親がいなくて叔母の元で暮らしていること、ヴォーゲル伯爵にとって、さらいやすい条件を示したのだ。ミミルは小さい頃に目をつけられていたこともあると言っていたし、ヴォーゲル伯爵にとっては逃がした魚を手に入れる機会だ。これで食いついてくれたらいいが、もし興味を示さなかったら別の手を考えなければならない。だが、感触としてはかなり良好だった。

「皇子……あなたという人は」

アルタイル公爵は大きなため息を吐き、目を閉じる。物騒な気配を醸し出したので、まさか怒られるのかとリドリーはどきりとした。

「公爵、そう恐ろしげな顔をするな。いいじゃないか、囮作戦！　そもそもミミルが言い出したことだし、自分の手で伯爵を追い詰められるなら本望だろう」

レオナルドはおかしそうに手を叩いている。

「我らは竜退治へ赴く途中なのだぞ。それがこのような些末な出来事に拘《かかず》り合って……」

アルタイル公爵は重々しい口調だ。

「おそれながら、公爵閣下。皇子のなさることはすべて帝国をよくするためのことでございます。竜退治も大事ですが、皇子は哀れな子どもたちを見捨てられなかったのでしょう」

シュルツがリドリーをかばうように前に出て言う。

「私はそんな皇子を誇りに思っております」

熱い思いを前面に押し出して、シュルツがアルタイル公爵と睨み合う。

「旅のついでに小用をすませただけだ。そう、目くじらを立てるな」

リドリーは少し焦りながら、アルタイル公爵を窺《うかが》った。この案は、アルタイル公爵の協力がなければ成し得ない。騎士たちの人となりを知っている上に、騎士団長という立場を持つアルタイル公爵が養女の件を頼んでくれないと、頼まれたほうだってうんとは言わないだろう。アルタイル公爵が協力してくれないならシュルツに頼むしかないが、できればアルタイル公爵の力を借りたかった。

「……ミミルは村へ残していくのですか？　重要な戦力の一つですぞ」

腕を組んでアルタイル公爵が怖い目で凄《すご》んでくる。そうなのだ、この囮作戦。一つだけ穴がある。ミミルが村に住んでいると思わせるために、ミミルを残していかなければならない。

「幸いミミルは治療班だ。多少問題は起きるかもしれないが、何とかなるだろ」

リドリーはアルタイル公爵の機嫌をとるために、顔に笑みを張りつけた。ヴォーゲル伯爵がすぐさまミミルを攫ってくれれば一挙に事件は解決できるが、さすがにそこまで見境なく襲いはしないだろう。ミミルには竜退治に行かず、しばらく村で過ごしてもらうしかない。

「公爵閣下、皇子はこんな辺鄙《へんぴ》な村で起こる事件を解決なさろうとしているのです。我ら臣下はそれに協力すべきではないでしょうか？　私が思うに、ドイド男爵かループル子爵なら適任ではないかと」

シュルツが冷静さを取り戻してアルタイル公爵に申し出る。

「俺が結婚していたら養女にするのだがなぁ」

レオナルドは残念そうにぼやく。

「……皇子、あなたのその案では、罪をうやむやにされる可能性が高いでしょう。下位貴族の養女では、ヴォーゲル伯爵の金と権力で事実を隠蔽されるはず。これまでヴォーゲル伯爵が何年もやりたい放題だったことを鑑みれば、地方の警備隊も取り込まれていると思われます」

少し考えたのちに、アルタイル公爵が重々しく言った。リドリーがつい顔を顰めると、ふっとアルタイル公爵の口元が弛む。

「下位貴族の養女ではなかったことにされるかもしれませんが、皇子、あなたの目の前には皇家に次ぐ権力を持つ私がいるのですよ。私にお命じになればよろしいのです」

まるで不出来な子どもを見る目つきでアルタイル公爵が言いだし、リドリーはびっくりして口を開けた。まさか、アルタイル公爵がミミルを養女に迎えるというのか。

「いいのか？　しかし……」

そこまでの協力を考えていなかったので、リドリーは呆然《ぼうぜん》として言葉を濁した。

「ミミルという少女は有望な治癒魔法士なのでしょう？　でしたら、我が公爵家にも利益があります。エドワード、妹としてどうか？」

アルタイル公爵がおもむろにエドワードに顔を向ける。

「ミミルという少女、頭もよさそうですし、私は構いません。我が公爵家には女児がおりませんから、母上も喜ぶのでは」

エドワードは美麗な笑みを浮かべ、アルタイル公爵に賛成する。リドリーは思わず立ち上がり、アルタイル公爵に手を差し出した。シュルツも嬉しそうに胸に手を当てている。最初は反対されるのかと焦ったが、思いがけない救いの手が差し伸べられた。公爵家の養女をさらったとなれば、ヴォーゲル伯爵の処分はかなり重くなる。

「協力に感謝する」

リドリーが胸を熱くしてアルタイル公爵の手を握ると、苦笑が戻ってきた。

「何故《なぜ》平民の娘ごときにそのように力を尽くすのか分かりませぬが、それが皇子のやり方なのでしょう。では公証の準備をせねば」

アルタイル公爵が考え込むように言う。リドリーはシュルツに命じ、旅行鞄を開けさせた。リドリーが公証書を取り出すと、アルタイル公爵もエドワードもレオナルドも驚きに目を瞠《みは》る。公証書は皇宮でミミルの話を聞いた時から、使う可能性を考えて入れておいた。リドリーが確かめたかったのは、ヴォーゲル伯爵が本当に幼女趣味の変態なのか、ミミルに恩を売る利益があるかどうかの二点だった。一緒に旅する中、ミミルの治癒魔法は多岐に亘《わた》り、その魔力量も多く、今後役立つと見込めた。そしてヴォーゲル伯爵は、真の変態だとこの城へきてよく分かった。

リドリーは自分を善人とは思っていない。あくまでした分以上の利益がある時しか動くつもりはない。

「皇子の周到さには恐れ入りますな」

アルタイル公爵も呆れと感嘆を滲ませて公証書を作り始める。できた公証書は騎士の一人を呼びつけ、公共機関に出してくるよう命じた。これで準備は整った。あとはミミルの魅力次第というわけだ。

◆4　壊滅した村

　ヴォーゲル伯爵の城で一夜を明かした後、リドリーたちはモンサル村へ向かった。

　途中の国境付近にある街でヘンドリッジ辺境伯が送ってきた北方の騎士十名と合流した。以前ヘンドリッジ辺境伯の屋敷で話したことのある筋肉隆々とした騎士たちで、手土産代わりに捕らえてきた猪《いのしし》肉を提供してきた。

「竜など恐れるに足りません」

　日頃から魔物相手に戦いなれている辺境伯の騎士たちは頼もしいことこの上ない。野営地では猪肉祭りと称し、騎士たちの間で盛り上がったようだ。

　竜によって苦しめられているモンサル村は北西の僻地《へきち》にある。二週間かけてリドリーたちはようやく付近へ辿り着いた。モンサル村よりさらに西にいった場所に、アダ村というのがあったのだが、そこは竜によって壊滅状態だと聞いている。先にアダ村を確認してから行こうと馬の鼻先をそちらへ向けた。遠目から村に漂う異様な気配に気づいていたが、それは近くまで馬を進めるとよりいっそう濃くなった。

「これは……ひどいな」

リドリーは馬に乗ったまま、眉を顰《ひそ》めた。リドリーだけでなく、その場に居合わせた騎士たちも息を吞んでいる。

かつて村があったと思《おぼ》しき場所は、ほとんど焼け焦げていた。家屋や畑だけでなく、地面まで真っ黒に焦げている。この時点でリドリーは情報は間違っていたと理解した。

「これは……土竜ではあるまい。火竜だな？」

リドリーが横に馬を並べたアルタイル公爵に言うと、険しい顔つきで頷かれる。

「土竜だという情報は間違いでありましたな。これはまさしく火竜によって襲われた跡……」

アルタイル公爵の言葉に、騎士たちにざわめきが広がる。リドリーは馬を降り、村の中へ入ろうとした。

「お待ち下さい！　危険です、皇子」

シュルツが急いでリドリーの前に回り込み、止めようとする。

「竜がいる気配はない。竜どころか人や生き物の気配すらない。村の中を見て回っても問題ないだろう。騎士たちは先にモンサル村へ向かってくれ」

リドリーは後ろに控えている騎士たちに指示を出した。半分の騎士が、先にモンサル村へ向かうことになった。

黒く焼け焦げたアダ村を、リドリーは無言で歩き回った。火竜がこの村を襲ったとして、どうして襲ったのか、どういう動きで火を放ったか知りたかったのだ。いくら竜とはいえ、村ひとつを焼き払うのは至難の業だ。おそらく最初に火を噴いた辺りから燃え広がり、村全体を壊滅させたのではないかと思った。

（この辺りが、一番地面が黒い……）

竜が火を噴いたのは、多分牛舎の上からだと察しがついた。屋根には重みでひしゃげた痕があったのだ。牛舎は燃やされているが、屋根の部分はかろうじて骨組みや屋根が残っている。方角的に牛に向かって噴いてはいない。牛舎の前に転がっている成人男性の焼死体を見ると、彼らは皆武器を持っている。アダ村に騎士や兵はいないが、働き盛りの男性なら、村を守るために武器を持って竜を追い払おうとするだろう。仮説だが、竜を追い払おうと武器を持って迫ってきた村人に向かって火を放ったのではないか。それに何より、人間の焼死体はあるが、牛の死骸がない。

「何かお分かりになりますか？」

エドワードが地面を調べているリドリーに声をかける。

「ああ。これは俺の推測だが……、牛舎の壊れ具合と村人への襲撃から察するに、火竜は餌として牛を攫おうとしていたのではないだろうか」

リドリーが牛舎を確認しながら言うと、シュルツが「竜は腹を空《す》かせていたと？」と尋ねてくる。

「あくまで推測だが……、だがそうなると不思議な点もある。この時期はまだそれほど寒くないし、山に餌となる生き物はあるはずなのだが」

めったに現れない火竜がアダ村へやってきたのが餌を求めてだとしたら、不可解な点もある。そもそも竜は半年絶食しても生きていると言われる厄介な魔物で、討伐の危険を抱えてまで人里を襲うことはあまりない。

「それにずいぶん攻撃的だ。村人全員を殺そうとしているかのように」

アダ村から竜が出たので救援を求めるという一報が入った後、アダ村からの連絡は途絶えた。近隣にあるモンサル村が様子を見に行き、再び救援の連絡を入れてきたのだ。火竜はアダ村を焼き尽くした後、モンサル村へ姿を見せた。

「デトロン国で何かあったのかもしれません」

アルタイル公爵は憂えたように言う。帝国の西、山脈を隔てた先にはデトロン国がある。アンティブル王国からは離れていたこともあり、リドリーは通り一遍の情報しか持っていない。一神教の宗教国家で、閉鎖的な国だと聞いている。

「とりあえず確認したので、モンサル村へ向かおう」

村の中を見て回ると、リドリーは疲れを感じてそう言った。かつてはこの村に大人や子どもが走り回り日々の生活を営んでいたと思うとやるせない。火竜の残虐なふるまいで生命を奪われた村人たちの冥福を祈った。

馬を駆ってモンサル村へ行くと、村長が村の入り口でリドリーたちを待っていた。

「皇子殿下、遠いところをわざわざご足労いただき、感謝の念に堪《た》えません。偉大なる帝国の新しい太陽に拝謁賜り、感激しました。我が一族は生涯に亘《わた》り、皇子殿下へ忠誠を誓うでしょう。どうか我がモンサル村をお救い下さい」

村長は商人っぽいなりの小柄でぽっちゃりした体形の中年男性で、リドリーが馬を降りると滑らかな口調で深々と礼をしてきた。

「世辞はいらない。早速だが、竜に関する情報を聞きたい」

リドリーは黙っていると延々と皇家への賛辞を始めかねない村長を制して、切り出した。

「は、はい。それでは村の寄り合い所へ」

村長はリドリーが世辞を好まぬタイプと察し、顔を引き締めて案内を始める。モンサル村は村民二百人ほどの村で、近くに広大な牧草地を持ち、牛やヤギ、豚、鶏などを飼い畜産物の取引を主としている。僻地にあるが子どもの数も多く、活気のある村だった。村長は十年前まで商人をやっていたらしく、村長になってから持ち前の商人スキルを発揮して村を大きくしていったそうだ。

村の中央には寄り合い所と呼ばれる村人が集まって話し合う場があり、リドリーたちはそこへ足を踏み入れた。屋根と壁があるだけの簡素な建物だが、話し合うのにちょうどいい大きさだった。リドリーはそこへアルタイル公爵とシュルツ、エドワード、魔塔主、それから騎士たちを班に分け、それぞれの班長とした者五名を集めた。

「竜が現れたのは、ひと月ほど前です。アダ村のことは知っておりましたので、村の周囲を警戒させておりました。竜は村の東側に広がる牧草地に現れ、牛を捕まえて西の方角の山へ消えていきました」

村長の話によると、ひと月前に現れて以来、十日ごとに姿を見せては牛を摑《つか》んで西へ去るようだ。

「巣は西にあるとみて間違いないな」

リドリーはテーブルの上に広げられたこの付近の地図を眺め、目を細めた。やはり竜は餌を求めて人里に姿を見せている。アダ村のようにモンサル村が襲われなかったのは、抵抗しなかったからかもしれない。

「実は、明後日がまた竜が現れる可能性の高い日でございます」

村長は汗を拭きつつ言う。

「土竜という情報だったが、アダ村の様子からして火竜ではないか？　アダ村の生き残りはこの村へ逃れていないのか？」

リドリーが疑問に思って聞くと、村長が深く頷く。

「確かにアダ村を襲ったのは火竜のようです。アダ村の生き残りの女性たちが数名村に逃れてきておりますが、火を噴いていたと申しております。けれど我が村に現れたのは土竜です。色が違うので見間違うはずがございません」

村長の返答に、ざわりとした。リドリーも頭痛を覚えて額に手を当てた。

「つまり……竜は二頭いると？」

最悪の展開に、騎士たちも青ざめている。一頭でさえ大変なのに、よりによって二頭いるという情報がもたらされた。しかも一頭は上位種の火竜だ。

「火竜はひと月前から見かけておりませんが……」

言い訳するように村長がうなだれる。竜が二頭いると知っていたら、救助はこないかもと計算したのだろう。情報を小出しにする奴《やつ》は自己保身に走りやすい。

「アダ村の生き残りの者に話を聞きたい」

腐っている暇はないので、リドリーは村長に頼んだ。すぐに年老いた女性と乳飲み子を抱えた女性がやってきて、火竜が来た時の様子を語った。火竜は二度に亘って現れたらしく、二度目の時はいきり立った様子で村中に火を放っていったそうだ。村を覆うほどの大きさだったと二人は涙ながらに語るが、さすがにそこまでは大きくないはずだ。二階建ての家屋くらいという二十年前の記録を参考にするべきだろう。

「竜が現れる時間帯は決まっているか？」

地形を確認しつつリドリーが聞くと、いつも昼間に現れるという。牧草地はだだっ広い山の斜面を切り開いて作ったもので、竜に対して身を潜める場所はそれなりにある。アルタイル公爵やシュルツ、班長たちと騎士の配置を決め、騎士たちに交代で休息をとらせることにした。

「村長、竜と闘うに当たり、毒を使いたい。この辺で採れる毒草はあるか？　できれば剣や矢に塗れる液体のものがいいが。それから網のようなものがあったら用意してくれ。簡単に裂けないものを」

話し合いの最中、リドリーは思いついて村長に言った。

「毒草については薬師の者に聞きましょう」

村長は薬師を呼び出し、急ぎ毒液を作るよう命じた。薬師は腰の曲がったおばあちゃんで、村の若い娘たちも手伝うと言っている。

「網は……うーん、この辺りは水辺がないので、漁師が使うようなものはないのですよ」

村長は困り果てたように言う。

「では藁《わら》や蔓《つた》のようなもので網目状になったものを編んでもらえないか。竜を捕らえるようなものだから、網目は大きくていい。そういうのは老人が得意だろう」

リドリーが提案すると、村長もそれならすぐにできると老人を集めた。老人たちも竜を捕らえるような網と聞き、俄然《がぜん》やる気になって大勢で網を作り始める。

「皇子殿下、村の若者も闘いたいと申しておるのですが」

しばらくして村長が申し出てくる。老人や女たちが働きだしたので、若者たちも何かやらなければという気になったようだ。

「では後衛で控えてもらおう。弓が引けるなら、助けになる」

　村民は闘わせないという案もあるが、リドリーとしては村の困りごとは村人が解決すべきというのが持論なので、闘いに参加させることにした。こういうのは運命共同体になったほうが、結束力も高まるし、のちのち不満も出にくいものだ。案の定、村民一体となって、竜退治をしようと意気込んでいる。

「それにしてもまさか皇子殿下自らが指揮を執って下さるとは……。皇子殿下のお噂はこちらにも届いております。雷に打たれても怪我一つない神の子であると……」

　着々と準備を進める様子を見て、村長は感動したように微笑んだ。一年も帝国にいると、こんな僻地にも自分の噂が届くのかとリドリーも感心した。

「神の子とは過分な言葉だな。竜退治は国が請け負う問題事だ。当然のことなのだから、甘んじて受ければいい」

　あっさりとリドリーは言い、騎士の様子を見に行った。騎士たちは身体を休め、村民から配られた食事や菓子を分け合って食べている。モンサル村ではたくさんの牛を飼っていて、そのうち一割は乳牛だ。村長は牛の乳を用いた嗜好品《しこうひん》の開発に尽力を注いでいて、特にチーズが特産品として有名だ。疲れを癒す騎士たちを見て回った後、リドリーはシュルツやエドワード、レオナルドと共に牧草地へ行った。

「空を飛べる魔法があったら楽なんだがなぁ」

牧草地を見渡し、リドリーはため息をこぼした。

「さすがに空を飛ぶ魔法はまだないな。軽いものを浮かす魔法ならあるが」

レオナルドが風魔法を使って村民にもらったリンゴを浮かす。レオナルドの呪文でリンゴはふわふわと浮いたが、しばらくしてリドリーの手に落ちてきた。

「まぁリンゴがせいぜいだな」

残念そうにレオナルドが言う。人間の重さは到底無理ということだ。竜の動きを止めるために網状のものを作らせているが、空を飛んでいる竜には届かない。竜が牛を捕らえに来るタイミングに合わせて被《かぶ》せるしかないが、かなり難しいだろう。

「やぐらを組ませますか？」

シュルツが思いついて言う。確かに木材を組み立てて一段高い場所を造っておけば、空を飛ぶ敵に有利に働く場合がある。

「二日で組めるか？」

竜が来るまで、猶予はない。すぐにエドワードが村へ戻り、村長と共に村の若者たちがやってきた。簡単なものでいいならできると言うので、牧草地の真ん中に急遽《きゆうきよ》やぐらを立てることになった。近くの林から切り出した木材で若者たちがやぐらを組み立てていく。竜が来なければここにはせいぜい熊程度の脅威しかない。やぐらはこの辺りで一番遠くを見渡せる建物となるだろう。

　二日の間に、竜退治の準備は急ピッチで進められた。持ち込んだ火薬の原料を球状に固め、それぞれ騎士に持たせせた。火薬玉は火がついたら暴発するとよく言い聞かせ、竜が来たら投げるよう指示した。薬師の毒草は二日かけて液体となり、鼻と口を覆っていないと刺激臭でやられるほどだった。

「最初は魔法士の力が重要になる。レオ、頼んだぞ」

　準備は整ったが、現実は都合よくいかないだろう。リドリーは竜が来る前夜にレオナルドのテントを訪れ、改めて魔法士の動きを確認し、鼓舞した。毎回作戦などなく魔物を狩っていた魔法士たちは、真面目にリドリーの指示を聞いている。

「そう気を張る必要はない。大きなトカゲを狩るようなものだ。今は魔力を溜《た》めるために寝るだけだ」

　相変わらずレオナルドは意気込んだ様子はなく、飄々《ひょうひょう》としている。リドリーとしてはどれくらい死傷者が出るか、ちゃんと竜を倒せるかと気を揉んでいるのに。何しろ前回竜退治に行った者は全滅しているのだ。だが余裕の態度を見せるレオナルドを見て安心したのも事実だ。

　リドリーは野営地を一通り見て回り、シュルツと共に自分のテントに戻った。

「お前も今日は俺のテントを見張らなくていいから、ゆっくり休んでくれ。お前の力が勝敗を分けるだろう」

　リドリーがテントの前で寝ずの番をしようとするシュルツに言うと、少し考え込んだのちに、そっと近づいてきた。

「皇子、約束を覚えておりますか」

横になろうとしたリドリーの前に、シュルツが真剣な眼差しで跪《ひざまず》く。覚えていないふりをしたかったが、シュルツの思い詰めた様子にごまかせなくなった。

「……武勲を上げたら、だぞ」

毛布の上に横になり、リドリーは咳払いして答えた。ぱっとシュルツの顔が明るくなり、拳を握る。期待に満ちた眼差しに、鼓動が速くなった。シュルツが見えない尻尾《しっぽ》を振っている。

「はい！　必ずや武勲を上げます！」

シュルツは瞳に炎を燃やし、すごい意気込みを見せる。

リドリーは以前、自分を抱きたがるシュルツにこう言った。武勲を上げたら、一晩だけ好きにしていいと。情欲を抑えきれずに迫ってくるシュルツを落ち着かせるために言った言葉だが、それが現実になる可能性が見えてきた。

「皇子……、心からお慕い申し上げております。あなたのために生き、あなたのために死ぬのが私の願いです。竜は必ず退治します。あなたには毛ほども傷がつかないようにします」

熱っぽい眼差しでシュルツが囁き、感極まったようにリドリーに覆いかぶさってきた。そのままいいとも言っていないのに、髪や頬に何度もキスをしてくる。勢いがすごすぎて、やめろとも言えなくなった。何よりも竜退治を前にした夜だ。前回の竜退治で生き残った者がいないだけに、厳しい戦いになるだろう。

「皇子……」

リドリーが止めなかったせいか、シュルツが唇を深く吸ってきた。熱烈に口づけられ、息が乱れてくる。シュルツが興奮していくのが分かり、リドリーはその口を手で押さえた。

「明日は、必ず生き残れよ」

リドリーは紅潮した頬で、シュルツに告げた。シュルツの目が潤み、口をふさいだリドリーの手にキスをする。

「今夜は心安らかにお眠り下さい」

シュルツは名残惜し気に手を離して微笑む。武勲を上げたら身体を差し出さねばならないので、シュルツに活躍してほしいような、してほしくないような複雑な気持ちだ。

(お前のブツがでかすぎるんだよ)

意気揚々とテントを出て行くシュルツの背中を見送り、リドリーはふうと吐息をこぼした。もう少しシュルツの性器が慎ましやかなら身体を重ねるのは嫌ではなかったのだが、本当に抱かれるなら尻の拡張が必要だ。

(明日は……何人、生き残れるだろうか)

竜退治の予測を立てながら、リドリーは目を細めて宙を見つめた。前回、竜退治をした騎士が誰一人生き残れなかったのは、火竜が発する臭気にある。火竜が現れなければ問題ないが、もし現れたら大変だ。神官が施した祝福があるから、もし火竜がやってきても多少の毒なら大丈夫だが、闘いが長引けばそれもどうなるか分からない。

（せめて半数が生き残れたら、俺の勝ちだ。……死者が出たら、遺族に手厚い援助をしてやらねばならない）

祖国にいた頃、宰相であるリドリーはこのような場面に何度も出くわした。戦争で死ぬ者、国の政策で斬り捨てられる者、貴族である自分は平民を保護する義務があるとできるだけの援助をしてきた。

皇子となった今、やはりリドリーは失う命について考えずにはいられない。

（本当に……帝国民は敵と思っていた俺が、今や帝国民を守るために頭を働かせているなんて、奇縁としかいいようがない）

何故か笑みがこぼれて、リドリーはそんな自分自身を不思議に思った。

（明日は必ず竜を討ち取り、あのクソ皇帝に見せつけてやる）

竜退治を控えた夜、リドリーは明日の勝利を願わずにはいられなかった。

◆5　いざ、竜退治

肌寒さを感じる朝を迎え、リドリーは用意していた武具を身にまとった。シュルツとエドワードが脛当《すねあ》てや甲冑《かっちゅう》を着せようとしてきたが、動きが鈍くなるので、鎖帷子《くさりかたびら》だけ身につけるに留《とど》めておいた。万が一のことを考えシュルツもエドワードも反対してくるが、もとより前に出る気はない。火魔法を極めているので、自分に距離は関係ない。前に出るのは騎士たちに任せ、自分は安全な後方から攻撃するつもりだ。

シュルツもエドワードも、甲冑を着込んでいる。武具を身につけると二人とも惚《ほ》れ惚《ぼ》れする格好良さで、この絵姿を売ればいい儲《もう》けになるのではないかと考えた。

「皇子《おうじ》、騎士の準備はできております。そろそろ牧草地へ向かいましょう」

アルタイル公爵が甲冑を鳴らしながらテントに入ってきて言う。リドリーも頷《うなず》き、整列した騎士たちに声をかけて馬に跨《またが》った。整列した状態で騎士と魔法士を牧草地へ移動させる。その後ろから魔法士と村の若い男たちがそれぞれ武器を持ってついてきた。村の女性たちは「がんばって！」「怪我《けが》しないでよ！」と竜退治へ行く村人に声をかけている。

牧草地へ移動すると、やぐらの上で周囲を偵察していた騎士が「今のところ問題なし」という合図を送ってくる。

リドリーは騎士たちに、剣に毒液を塗るよう指示した。騎士たちは大きな壺《つぼ》に入った毒液に剣や矢じりをひたす。その間にレオナルドやニックス、魔法士が保護魔法を全員にかけていった。これは竜が吐く毒を含んだ臭気から身を守るものだ。

「あと三十分もすれば竜がやってくるだろう！　竜が牛を捕らえるまで、お前たちは身を隠し、息を潜めていろ！」

リドリーは騎士たちに大声で指示をして回った。牧草地には草を食《は》む牛が十頭ほどいる。村長は牛が闘いに巻き込まれて死んだら損害だと、多くの牛を別の場所へ移動させた。あまり数が少なくても警戒させるので、牛を皇家で買い上げる契約をして十頭牧草地に囮《おとり》として残した。

飛んでいる竜に攻撃を加えるには、竜が草を食む牛を摑《つか》んだ瞬間しかない。

「竜が牛を捕らえたら、いっせいに火薬玉を放れ！」

リドリーの指示を騎士たちは真剣な顔で聞いている。

「竜は賢い生き物だ！　油断するなよ！」

腹から出した声でリドリーが言うと「了解しました！」といっせいに騎士たちが答える。

アルタイル公爵が合図を出し、騎士たちは剣を握ったままそれぞれ草むらや茂みに散った。

竜はあまり視力がよくないと言われている。一カ所に固まっていたらさすがに竜にもばれるだろうが、茂みや岩陰に散ったら気づかれないだろう。

リドリーはやぐらの下でアルタイル公爵や数名の騎士と共に待機した。シュルツやエドワードは今日ばかりはリドリーの護衛を離れ、牧草地に身を潜めている。

頬を嬲《なぶ》る風を感じながら、竜が現れるのを待った。時間に正確と聞いていた通り、身を潜めて一時間もすると、やぐらの上から甲高く鳴り響く笛の合図があった。長く吹いた時は、竜がやってきたという合図だ。リドリーははしごを使ってやぐらに登った。やぐらの上は大人二人くらいがいられる空間しかなく、笛の合図をした騎士が、登ってきたリドリーに場所と笛を譲る。西の方角から黒い羽根を持つ生き物がこちらに向かって飛んでくるのが見えた。

（なるほど……確かにでかい！）

徐々に近づいてくる竜を見つめ、リドリーも息を呑《の》んだ。二階建ての家屋というのは正確な情報だった。羽根を広げると一軒家くらいの大きさになり、まさに害獣そのものだ。人の身体《からだ》の何と小さいことかとびびりつつ、リドリーは竜が近づくのを待った。

竜はぐんぐんと速度を上げて、村へ飛んでくる。牧草地の上で大きく円を描き、動いている牛を眺め、ゆっくりと下降してきた。身を潜める騎士たちの息遣いが聞こえるようで、こちらも鼓動が速まる。

竜の身体は黒光りしている。大きな黒蜥蜴《とかげ》に蝙蝠《こうもり》の羽根をつけたみたいな生き物だ。その大きな羽根がばっさばっさと動くと、牧草が激しく波打った。

（まだだ）

リドリーは笛を口元に寄せたまま、竜が降りてくるのを固唾《かたず》を呑んで見守った。竜は警戒した様子もなく、草を食べている牛を両脚で摑んだ。

間髪《い》を容れず、リドリーは合図の笛を鳴らした。とたんに隠れていた茂みや岩陰から騎士たちが飛び出し、それぞれ持っていた火薬玉を竜に向かって投げつける。

「炎魔法――」

リドリーはそのタイミングに合わせて、呪文を唱えた。同時に、下にいた火魔法を使える魔法士も、竜に向けて火魔法を放つ。やぐらの上からリドリーが放った炎魔法は、光の速さで竜に届いた。

鼓膜を壊さんばかりの爆音が辺り一帯に響いた。竜に投げつけられた火薬玉が、いっせいに火魔法によって発火した音だった。激しい音と衝撃が竜を襲い、『ギイイイイァア！』という聞いたことのない金属音の悲鳴を上げて、竜が地面にもんどりうつ。辺り一面に火薬玉の煙が立ち込め、視覚もきかなくなる。それをレオナルドが風魔法で吹き飛ばすと、地面に痙攣《けいれん》して転がる土竜が現れた。

「かかれ！」

隊長の掛け声で、騎士たちが竜に向かって飛び掛かる。中でもシュルツはすごい勢いで飛び出し、転がっていた竜の首めがけて剣を振り下ろした。シュルツの身体から赤いオーラが放出し、それは振り下ろした剣を光らせた。

シュルツの剣は竜の首を真っ二つにした。

草むらに竜の首が転がり、切り口から竜の赤黒い血が迸《ほとばし》る。土竜はわずかな間痙攣したが、あっという間に動かなくなった。

「竜を倒したぞ！」

すぐさま騎士の一人が叫び、おおおお、と騎士たちが勝利を喜ぶ。やぐらの上から見ていたリドリーも安堵《あんど》して、それを見下ろした。想定していたよりも呆気《あっけ》なく竜は倒された。準備していたものは使わずに終わったが、竜さえ倒せばすべて良しだ。

「やりましたね！　皇子殿下！」

はしごを使ってやぐらを下りると、興奮していた騎士や魔法士たちが口々に喜びの声を上げてくる。

「火薬玉が効いたな。あれで竜は訳が分からなくなった」

レオナルドがリドリーの横に並んで言う。リドリーは倒した竜の元へ足を進めた。斬られた首からは、赤黒い血がどくどくと流れ続けていた。騎士たちは興奮した様子で竜を囲んでいる。あまりの大きさに、これを帝都までどうやって運ぶかに頭を悩ませる羽目になりそうだった。

「シュルツ、よくやったな」

シュルツをねぎらおうとして近づくと、喜び湧いている中、シュルツだけがどんよりと座り込んでいる。どうしたのかと思い顔を覗《のぞ》き込む。

「何だ、嬉《うれ》しくないのか？」

暗い表情のシュルツにいぶかしげに問うと、大きなため息がこぼれた。

「……武勲を上げられませんでした」

落ち込んでいるシュルツがぼそりと呟《つぶや》き、リドリーも苦笑した。確かに、竜の首は斬ったが、その前の段階ですでに竜は昏倒《こんとう》しており、シュルツ一人の武勲と認めるわけにはいかなかった。リドリーとしてはホッとするところだが、最大の機会を逃したシュルツはこの世の終わりみたいに絶望している。

「まぁ、そう落ち込むな……」

笑いを噛《か》み殺してなぐさめようとしたリドリーは、ふいにざわっと鳥肌が立って、西の方角へ顔を向けた。

西の方角からすさまじい勢いで近づいてくる黒い影がある。

「火竜が来た！　総員、武器を構えろ！」

リドリーは大声でまくしたて、勝利に浮かれている騎士たちを律した。リドリーのよく通る声が騎士たちの顔から笑顔を奪う。慌ただしく騎士たちが剣を取り、残りの火薬玉をポケットから抜いた。騎士たちはまだ火薬玉を残している。

（まずい——）

リドリーはあっという間に距離を詰めてきた火竜を見上げ、ハッとした。火竜が現れた理由は、土竜の死を知ったからだと分かったのだ。火竜の勢いと遠目からも分かる咽《のど》の動きに、リドリーは最悪の展開を予想した。

「総員、火薬玉を人がいない場所に投げ捨てろ！　火を放つつもりだ！　散開しろ！」

リドリーが叫んだ時には、火竜はかなり近くまで迫っていた。とっさにリドリーの指示を聞き火薬玉を投げ捨てた騎士たちが散らばったが、中には先ほど効果のあった火薬玉を捨てられない騎士もいた。

「危ない――」

ぐんぐんと降下してきた火竜が、騎士に向かって火を噴きだす。逃げ惑う騎士の中に、火薬玉を持ったままの者がいて、派手な火花がその場に起こった。

「ぐわあああ！」

火竜の放つ火で騎士たちが火だるまになり、地面を転がっていく。

「魔法士！　火竜の動きを止める魔法を！　ジャスティン、ルーダー、火を消せ！」

リドリーの叫びで、固まっていた魔法士が呪文を唱え始める。ジャスティンとルーダーは水魔法を使えるので、火だるまになった騎士たちに水を浴びせる。すると彼らの動きに合わせて、レオナルドの杖《つえ》から黒いもやもやしたものが火竜の身体に放たれた。レオナルドは杖を火竜に向け、呪文を詠唱している。そのもやもやした何かは、まるで火竜の身体を引きずり落とすように下へと引っ張る。

(闇魔法か！)

レオナルドの放った魔法が闇魔法と気づき、リドリーは目を瞠《みは》った。闇魔法は初めて見るが、確実に竜の動きを止めている。

「うわあああ！」

動きを制限された火竜は、苛立《いらだ》ったように辺りに火を噴いた。騎士たちの数名が火傷《やけど》を負い、その場に転がる。多くの騎士は火竜に近づけずにいた。

「魔法士！」

リドリーが後方にいた魔法士に攻撃魔法を加えるよう叫ぶ。

「弓矢隊！」

下にいたアルタイル公爵が号令をかけ、騎士たちが態勢を立て直して弓を引く。それにつられたように弓を持っていた村民も急いで弓を引いた。矢が次々と火竜に撃ち込まれていく。特別製の矢じりは火竜の身体に突き刺さったが、硬い皮膚に深く刺さることはなく、火竜が身をよじるとそれらはばらばらと地面に落ちていった。

レオナルドの闇魔法で火竜が地面に迫ってくる。火竜はいきり立った様子で辺りに火を噴いた。牧草が一瞬にして燃え広がり、牛たちはパニックになって方々に逃げ回る。

「臆するな！　火竜が手に届くところまできたら、斬りかかれ！」

シュルツはまごつく騎士たちを叱咤《しった》する。リドリーは急いでシュルツたちの元へ走り出した。シュルツが気がついて「皇子！　ここは危険ですから離れて！」と怒鳴る。

「いいから前を向け！」

リドリーは声を張り上げ、火竜に向かって手を上げた。リドリーの持つ火魔法は火竜に効かない。火を噴く火竜にいくら火を浴びせても、火から生まれたとされる火竜には意味がないのだ。だからこそ、リドリーは闇魔法の引き寄せで落ちてきた火竜に火魔法をぶつけた。

「お、おお……っ⁉」

火竜がこちらに向かって火を噴きかけたのに合わせて、リドリーは火魔法を放った。火の勢いを横に逸《そ》らすためだ。火竜の放った火は、リドリーの魔法によって宙に流された。

「火竜は火を噴く前に息を吸い込む！　それに合わせて火魔法を使え！」

リドリーは何もできず立ち尽くしていた火魔法の魔法士に怒鳴った。リドリーの動きを見て、魔法士たちがすぐさま呪文を唱え始める。

「行くぞ！」

火の勢いが削《そ》がれたのを見て、シュルツが剣を構えて叫んだ。折しも火竜の身体はぐらつきながら地面に近づいていた。シュルツが跳躍して火竜の腹辺りに剣を斬りつける。それに合わせて騎士たちも火竜の脚や尻尾《しっぽ》に剣を突き立てていった。

『グゲエエエ‼』

火竜が耳を覆いたくなるような声で鳴き、嫌がるように大きな太い尻尾を左右に振り払う。その動きで数人の騎士が吹っ飛ばされた。騎士たちは怯《ひる》むことなく火竜の身体に剣を突き刺していく。

「来るぞ！」

リドリーは魔法士に発破をかけた。再び火竜が火を噴こうとしたので、それを火魔法で押し戻す。かろうじて直接火を浴びせられることは阻止できているが、それでもすぐ目の前で大きな炎が起こっているので、息をするのも苦しいほど熱い。リドリーたちの動きを見て、風魔法を操れる魔法士も風を火竜にめがけて送ることで、騎士たちを守っている。

「うおおお！」

騎士たちは死に物狂いで火竜を剣で斬りつける。火竜を捕らえているレオナルドも、汗びっしょりで詠唱している。すごい魔力で火竜の羽根を絡めとっているのがリドリーにも分かった。だが、それも長くは持たないと同じ魔法士として悟った。膨大な魔力量を持っているレオナルドとはいえ、そろそろ限界だ。やがて魔力が尽きて、火竜を留めおけなくなる。

（クソ……ッ、このままじゃまずい！）

騎士たちは必死に火竜を斬りつけているが、火竜の勢いはなかなか衰えなかった。毒は少しずつ効き始めているが、倒せるほどではない。火竜は暴れまわり、鋭い爪で騎士を切り裂き、跳ね飛ばしていく。レオナルドの魔法が途絶えたら、火竜は空に逃げ、上から火を噴いてこの辺りは焦土と化すだろう。騎士たちが血だらけになっていくのを見やり、リドリーはあともう一手が欲しいと願った。

ふとやぐらのほうを見ると、人影が見える。ハッとして視線を向けたリドリーは、やぐらの上にニックスがいるのを確認した。ニックスは村民が作った網を持って、やぐらにいるもう一人の騎士と何やら話し込んでいた。

(何する気だ⁉ 何でもいいから、頼むぞ!)

火魔法の詠唱を続けながら、リドリーは藁《わら》にも縋《すが》る思いだった。すると、ニックスが網を持ちながらやぐらの上からふわりと浮いた。

「えっ!」

リドリーが思わずぽかんとしたのも無理はない。ニックスはまるでマントみたいに網を両手に持ち、やぐらから落ちてきたのだ。いや、正確に言うと落ちたというより、舞った。落下速度は目で追えるほど緩やかで、ニックスは風の抵抗を受けながら網を広げた。もう片方はやぐらにいる騎士が摑んでいるようだ。

「――」

空中を下りてきたニックスと一瞬目が合った。ニックスはいつもの何を考えているかよく分からないとぼけた表情でにやりとした。ニックスの身体は不自然な動きで火竜の上を飛ぶ。そこで初めてニックスが風魔法を使って落下を弛《ゆる》めているのが分かった。

「み、見ろ！」

騎士たちが空を見上げて驚きの声を上げる。ニックスは風の抵抗と風魔法を使って、網を火竜に覆いかぶせた。すかさずやぐらの上にいた騎士がもう片方の網を離し、下にいた騎士がそれを引っ張る。火竜の身体に網がかかり、驚いたように暴れだす。網は火竜の羽根に絡まり、その身体は完全に地面に落ちた。

「シュルツ！　今だ！」

リドリーは怒鳴った。その瞬間にはシュルツが火竜の身体に飛び乗り、甲冑を着ているとは思えない軽やかな動きで火竜の背中を走る。シュルツは火竜の首に足をかけ、赤いオーラを発した。

「うおおおお‼」

シュルツは渾身《こんしん》の力を持って剣を振り上げた。剣にオーラが宿り、火竜の首がぱっくりと割れる。竜の首に大きな傷がついた。土竜と違い、一撃で首を斬り落とすのは無理だった。

『ギィヤガァアアアア‼』

火竜が断末魔の悲鳴を上げ、どす黒い血が噴き出る。シュルツは竜の血を浴びながら二度、三度と剣を振るい、ようやく火竜の首を落とした。

火竜が痙攣して、地面に巨体を投げ打つ。

しばらく、騎士や魔法士、その場にいた村人の息遣いだけが響いた。

る。

「火竜を倒したぞ！」

やがて、感極まったように騎士が叫び、それに追随するような雄叫《おたけ》びが上がった。騎士たちは拳を振り上げ、勝利の喜びを分かち合う。シュルツが剣を天に向け、騎士たちが歓声を上げる。

「や、やった……っ」

リドリーは疲労困憊《こんぱい》して、地面に尻もちをついた。他の魔法士も皆、魔力を使い果たして焦げた草むらに倒れ込む。

「皇子！　やりましたね！　勝利です！」

エドワードが真っ黒になった顔で駆け寄ってきた。

「皇子殿下、勝利を称《たた》えましょう」

アルタイル公爵もぼろぼろになった姿でリドリーを支えてくる。よく見ると騎士たちは皆甲冑が黒くなり、あちこち怪我だらけだ。火竜によって吹き飛ばされた騎士たちは、失神しているのか、動かない。

「ああ……ともかく怪我人の治療を……、治癒魔法士を呼んでくれ」

リドリーは眩暈《めまい》を感じつつアルタイル公爵の手を借りて立ち上がった。シュルツが火竜から飛び降り、興奮した様子でこちらに向かって駆けてくる。シュルツに合わせて、他の騎士たちもリドリーの前に集まった。

一陣の風が吹き、あれほど熱かった身体が心地よく冷えてきた。リドリーは絶命した火竜を見つめ、目の前に駆けつけ、膝を折ったシュルツを迎え入れた。シュルツに合わせて、他の騎士たちもリドリーの前に膝を折る。

リドリーは自分を見つめる騎士たちを見つめ返した。初めて会った時は不信感しかなかった彼らの眼差《まなざ》しが、今や一点の曇りもないほどリドリーに敬意を表している。ふと胸が熱くなり、これが上に立つ喜びかと知った。

「我らの勝利だ！」

リドリーは拳を振り上げ、高らかに告げた。いっせいに「おおおお！」と辺り一帯に響き渡る声で騎士が歓声を上げる。

かろうじてだが、火竜を倒した。ぎりぎり勝とうが勝利は勝利だ。リドリーは騎士たちの歓声を全身に浴び、今はこの喜びに浸った。

竜退治によって負傷者は半数近くになったが、信じられないことに死者は一人も出なかった。今回竜退治をするに当たって、多少の死者は覚悟していたので、予想外の僥倖《ぎょうこう》だった。治癒魔法士によって重傷者は命を取り止め、臭気による毒はすべての者から取り払われた。魔法士の限界もあったので、多少の怪我程度の者は薬師の薬草で身体を治すことにした。

レオナルドを始めとした魔法士たちは、魔力を使い果たしてしばらくベッドから起き上がれなかった。リドリーもその一人であったが、もともと魔力量が多かったので翌日には回復した。

今回の功労者は何といってもレオナルドだ。レオナルドの闇魔法がなければ、火竜を倒すのは不可能だった。

それからニックス。ニックスの持つ魔法と機転がなければ、火竜を逃していたかもしれない。そもそもニックスは闘いに参加しても目立つことはしないつもりだったはずだ。陰ながらリドリーを助けるはずが、ずいぶん目立った行動をした。要するにそれだけ危なかったということだ。

そして二頭の竜の首を斬ったシュルツには、帰ったら褒賞をあげなければならない。

「皇子、やりましたね。素晴らしい成果です」

ベッドから起き上がれるようになると、シュルツは我が事のように喜び、リドリーを褒め称えた。

「闘いの場であなたの声は、よく通りました。私だけでなく、他の騎士たちの心も鼓舞したでしょう。あなたにお仕えできる栄誉を、嚙みしめております」

放っておくと延々リドリーを褒め称える言葉を繰り出すシュルツを黙らせ、リドリーは最初に村長に会いに行った。シュルツを伴って村長と牧草地へ行くと、牧草地の近くで竜を乗せる台車を作っている村民と騎士たちがいた。

「おお、がんばっているな」

リドリーは頼もしげに彼らを見やった。

竜を二頭倒したことで、最初は胴体を切断して運ぼうという話になっていた。だがせっかくだから、竜の姿をさらしたまま帝都まで運ぼうとリドリーが提案した。板を張り合わせて車輪をつけた台車を作り、その上に竜の大きな身体を乗せて村々を回ろうと。二頭の竜を運んでいる姿を見れば、子どもたちは皇子の英雄譚《たん》と喜ぶだろうし、帝国民の話題になり、何より箔《はく》がつく。この偉業を皇帝は見過ごせないはずだ。馬鹿にして行かせた先で、想像以上の成果を上げたのだ。自分以外が褒め称えられるのを厭《いと》う皇帝の気分を逆撫《さかな》でできる。しかも表立って文句をつけようがない。立太子などどうでもよかったが、皇帝に負けない力をつけるためには、多くの帝国民の心が必要だ。

(皇帝が俺を邪険に扱えば扱うほど、俺への擁護を伴った国民感情が高まるだろう。それはすなわち皇帝の加護の力を下げることになる)

皇帝を追い詰められるかと思うと、ニヤニヤが止まらない。

台車を作っている騎士たちと村民はすっかり仲良くなり、和気あいあいと作業をしている。

「皇子、もう大丈夫なのですか!」

騎士たちに気軽に声をかけられ、リドリーは軽く手を振った。

「今すぐ帰れるくらいだから心配するな。それより村の娘に手を出すなよ？　出すなら帝都へ連れていけよ？」

リドリーの軽口に騎士たちがどっと笑い合う。シュルツは騎士と皇子の気さくなやり取りを眺め、誇らしげにしている。

「騎士たちは皇子を主君と仰ぐことに決めたようです。自分のことのように嬉しいです。あなたの素晴らしさが帝国すべての者に知れ渡るでしょう」

シュルツは竜退治の記憶を甦《よみがえ》らせ、また目をきらきらさせてリドリーを見つめる。あまりに熱っぽい視線なので、横にいた村長に変に思われないか心配だ。

牧草地に行くと、竜の死骸があの時のまま横たわっている。改めて見ると、かなりの大きさで、よく倒せたものだと感心した。ふと見ると、竜の首の辺りにどす黒い血だまりができている。それは異臭を放っていて、辺りの草は全部枯れるほどの毒となっていた。

「牧草地としては使えなくなってしまったな」

リドリーはしゃがみ込んで枯れた草を見つめ、唸《うな》り声を上げた。竜の血にこれほど毒素があるとは思わなかった。かなりの範囲が汚染されてしまって、徐々に広がりを見せている。

「お気になさらないで下さい。牧草地はまた新たに切り開きます。竜を倒してもらえただけで、これ以上ない助けです」

村長は責めることはせず、逆にまた礼を言ってきた。無傷で竜を倒すのは不可能だったので、仕方ないことかもしれない。

(待てよ、もしかしてあれが役に立つかも?)

荷物の中に入れておいたものを思い出し、後で試してみようと考えた。

「魔塔主殿は大丈夫でしょうか?」

村長は宿屋にこもりきりのレオナルドを心配している。今から会いに行こうと告げ、村に戻った。

「レオ、起き上がれるか?」

村の宿屋のベッドに寝かされたレオナルドを見舞いに行くと、村特産の果実を齧《かじ》りながら手を上げてきた。昨日ベッドへ運ばれたレオナルドは、うわ言のように「皇子、あの空を飛んだ彼と話したい」と繰り返していた。だが申し訳ないことに、ニックスはすでに村にいない。魔法大好き人間のレオナルドに目をつけられるのを厭ってか、昨夜ひそかにリドリーの部屋へやってきて、一足先に帰ると言い出した。

「少しアンティブル王国のことが気になるので、屋敷へ行って参ります。また報告しに行きますよ」

ニックスはそう言って、一頭の馬を廄舎《きゅうしゃ》から連れ出し、去っていった。リドリーもベルナール皇子のことが気になっていたので、ニックスが両国間を行き来してくれるのは有り難かった。

「ニックス殿は？」

ベッドから起き上がり、レオナルドは村長やシュルツ、エドワードを見やり、聞いてきた。

肝心のニックスがいないことにがっかりしている。

「ニックスは用があって、一足先に帰った」

リドリーが答えるとレオナルドは悔しそうにじたばたしている。

「それより早く回復しろ。明後日にはもう我々は帝都へ旅立つからな」

魔力を使い果たして寝込んでいるレオナルドに言うと、レオナルドは両手を頭の後ろで組んだ。

「いざとなったら、馬車に放り込んでもらうさ。それより、竜退治おめでとう。これで皇太子というわけだな」

からかうようにレオナルドに言われ、リドリーは苦笑した。

「村はお祭り騒ぎだぞ」

リドリーは窓に目を向け、腕を組む。

火竜と土竜を倒したことで、村総出で騎士たちをねぎらっている。祝い酒が振る舞われ、ごちそうが女性たちの手で作られ、夜通し踊り明かす祭り状態だ。村長はことのほか喜び、リドリーの靴を舐《な》めんばかりに忠誠を誓ってきた。火竜によって牧草地が焼け、囮の牛たちがほとんど息絶えたのだが、それくらいは問題ないと牛肉料理を振る舞ってきた。

「いやぁ、実は本当に竜を退治するとは思わなかった」

　枕に頭を乗せ、レオナルドが目を細めて言う。

「皇子という身分だし、やっぱり無理でしたと帰るのだろうと思っていたのだよ。だが竜退治の準備をするあなたを見て、本気で倒すつもりなのだと気づき、かなり驚いた。俺は魔物退治をするのにあんな準備などしないからなぁ。部下にも言われたよ、あなたを見習えと。自分の魔法ばかり突き詰めていないで、これからは仲間のことも考えようと思う」

　真面目な口調でレオナルドが言い、リドリーも驚いた。自分の行動がレオナルドの意識を変えるとは思わなかった。

「俺はあなたに惚れてしまったようだよ」

　あっけらかんとレオナルドが告げ、リドリーはついむせ込んでしまった。背後で「えっ」とシュルツが険しい表情で固まっている。レオナルドに加護の力を使ったかと一瞬混乱したが、面映《おもは》ゆそうに笑う魔塔主を見て、リドリーも口元を弛めた。惚れたといっても友情としての意味だろう。背後にいるシュルツは、一転してレオナルドを恐ろしい目で睨《にら》んでいる。嫉妬でシュルツが狂う前に、レオナルドには用を申しつけなければならない。

「そうか、では早速惚れた弱みにつけ込んでいいかな？」

　リドリーはベッド脇に立ち、横たわるレオナルドを見下ろした。

「ん？」

レオナルドの顔が引き攣《つ》る。

「今回土竜と火竜を倒したわけだが、火竜が来たのは恐らく土竜を倒したせいだと思う。要するに――あの竜は番ではないかと思うのだ」

リドリーは顎に手を当て、自分の推測を述べた。

「なるほど……その可能性はあるな」

レオナルドもその意見に同調する。

「人に対して狂暴だったこと、定期的に餌を欲しがったこと……これから導き出されるのは、竜が孕《はら》んだ、もしくは卵を産んだ可能性だ」

リドリーは声を潜めて言う。レオナルドの目も大きく見開かれる。

「火竜と土竜は内臓を取り出し、腐らないよう処理している。竜の腹に卵はなかった。これは大いなる勘違いかも知れないが、もし竜が卵を産んだのなら――」

レオナルドががばっと起き上がる。

「西の山か……！」

こくりとリドリーは頷いた。

竜は二頭とも西の山から飛んできた。そこに竜の根城があると見て間違いないだろう。

「レオナルド、お前には西の山へ行って竜の卵を見つけてきてほしい。魔塔主であるお前なら探せるだろう？　何でも言うことを聞く券があったよな？」

にっこりとリドリーは笑顔で迫った。

「俺を使っていい券……だな」

レオナルドの笑みが引き攣る。

「使わせてもらおう」

にこにことリドリーが迫ると、レオナルドがどさりと枕に沈み込む。

「西の山といっても広いんだぞぉ……」

気乗りがしないのか、レオナルドの声に張りがない。無理もない。これからまた西の山へ行って卵探しなんて、巨大な海から一粒の真珠を探し出すようなものだ。

「騎士を数名つき添わせる。頼んだぞ」

リドリーは有無を言わさず、レオナルドの肩を叩《たた》いた。きっとこれから迂闊《うかつ》な発言をやめようと思うだろう。

「はぁ……。まぁ、本当に卵があるなら、興味はある。分かったよ、西の山へ行ってみよう」

観念したのかレオナルドは肩をすくめる。リドリーはにやりとして、細かい打ち合わせをした。騎士数名と金子、馬と水や食料。村長にも協力を頼むと、二つ返事で頷いてくれたので、旅の支度は万全だ。

宿屋を出て村長のところへ向かうと、途中でエドワードと合流した。村長は仕事があると言って役場へ戻っていった。

「皇子、魔塔主は皇子に不埒《ふらち》な思いを抱いているわけではありませんよね？」

シュルツは先ほどのレオナルドの発言が気になるのか、やきもきした様子で言う。横にいるエドワードが困惑した様子でシュルツを見ている。魔塔主に嫉妬しているシュルツが奇異に思えたのだろう。

「単なる好意に水を差すな」

リドリーも呆《あき》れてシュルツを窘《たしな》めた。憮然《ぶぜん》とした様子でシュルツがうつむき、変な間があった。シュルツは竜退治してから浮き沈みが激しくなった。おそらくすぐにでも抱きたいと思っているのだろうが、リドリーがそれを止めているせいだ。遠征先でこれ以上身体を酷使することはしたくなかったので、今は待てとお預けをさせている状態だ。

「そ、そういえば早馬で帝都には竜を退治したという知らせが送られておりますから、きっと戻った頃には大騒ぎになるでしょうね」

エドワードが話題を変えるように口を開く。竜退治でエドワードの美麗な顔に少し傷がついてしまったのは残念だが、帝都に戻る頃には治っているだろう。

「出発までにチーズをたらふく食っておこう」

リドリーは特産物のチーズの味を思い返し、うっとりとした。酒と一緒につまむチーズのなんと美味《うま》いことか。アンティブル王国では食べたことのない豊富な種類があって、こんな僻地《へきち》まで来たかいがあるというものだ。

明日にはここを発《た》つ。そういえば、ホーヘン村のミミルは大丈夫だろうかと思いを馳《は》せた。

組み立てた台車の上に竜を乗せる作業は、騎士総出で行った。防腐処理として内臓を抜き、水魔法を使える魔法士が凍らせて運ぶことにした。台車に竜を縄で縛りつけ、首を腹の上に載せて帝都まで向かう。台車に乗せるだけで一時間かかり、大変な作業だった。

竜がいなくなった牧草地は、すでにかなり汚染されている。竜の血は、草木を枯らす力が強いのだろう。

「気休めかもしれないが、聖水を撒《ま》いておく」

リドリーは汚染された牧草地を悄然《しょうぜん》と眺める村長に言った。村長の目が丸くなり、傍《そば》にいたシュルツとエドワードも首をかしげる。

「上質の聖水は、汚染された地を浄化すると聞いたことがある」

騎士の一人に肩を借りながら、レオナルドが思い出したように言う。レオナルドはまだ本調子ではなく、誰かに肩を借りながらでないと歩けない状態だ。竜を移動するというので、確認作業に参加させている。

「っていうか何で聖水なんて持っているんだ？　大神官にでももらったのか？」

レオナルドに不思議そうに聞かれ、大神官ではないと答えるに留めておいた。汚染された牧草地を見た時に、そういえば聖水を持っていたことを思い出したのだ。アンティブル王国へ行った時、ダドリー神官から『あなたの助けになるでしょう』と言われ、渡されたものだ。リドリーは荷物の中から持ってきた瓶を汚染地に撒いた。すると信じられない光景が目の前で繰り広げられた。枯れていた草の下から、新たな芽が生え出し、黒く残った血の痕が、みるみるうちに消えていったのだ。それはまるで魔法みたいで、あまりの威力にリドリーも驚いた。聖水にはダドリー神官の神聖力が込められていたらしい。見ていた騎士や魔法士たちも、びっくりして「えーっ！」と声を上げた。

「おお……っ、何という奇跡か！　汚染が消えましたよ！」

村長は牧草地が蘇《よみがえ》ったのを確認し、目を潤ませて両手を上げた。

「素晴らしいです、皇子。竜によって汚染された場所が分からないくらいです」

シュルツも興奮して褒め称える。リドリーも聖水の効果のすごさに驚いていたが、内心では別のことを考えていた。

（しまった……っ、こんなにすごい浄化力があるならとっておくんだった！）

もらいものの聖水にそこまで効果があるとは思っていなかったので、大誤算だった。村長が肩を落としているので、つい慰めにと思い持っていた聖水を撒いただけだったのに。

「貴重な聖水を村のために使うなんて、皇子の懐の深さに感激しました」

エドワードも感心したように浄化された草地を見て言う。村人たちも牧草地に牛を放てると喜んでいる。

「ありがとうございます、皇子殿下の恩に報いるためにも、この地を栄えさせてみせます！」

村長はすっかりリドリーの信奉者になったようで、キラキラした目で見つめてくる。村人たちもリドリーたちに熱い眼差しを注ぐ。

「そ、そうだ、な……。期待しているぞ」

未練がましく空になった瓶を握りしめ、リドリーは空笑いした。こんなに浄化力のある聖水だったら、大切にとっておいて、ここぞという時に使っていたのに。牧草地なんて、どうせこの辺は土地があまっているのだし、土を入れ替えればいいだけだった。心の中では後悔でいっぱいだったが、喜んでいる村長や村民を見ていたら、己の心の狭さが恥ずかしくなった。村にとっては大切な牧草地だ。生き返ってよかったと思おう。

モンサル村を出発したのは、太陽が高く上った頃だった。

二頭の竜を乗せた台車を引く馬の数を揃《そろ》えるのも大変だった。台車は馬車の後部に括《くく》りつけ、馬で牽引《けんいん》することにした。とはいえ、あまりに重すぎて馬が疲弊してしまう。そこで風魔法を使える魔法士が竜の重さを調節しつつ運ぶことになった。

村長や村民から惜しまれ、長々と引き留められてようやく動き出したのが昼過ぎだ。魔塔主であるレオナルドと騎士四名はこのまま村に残り、明日日が昇った頃、西の山へ出発するよう命じた。選ばれた騎士四名は比較的怪我もなく体力が残っていた面子《メンツ》だ。帝都へ帰る気でいた彼らに新たな指令を下すのは可哀想《かわいそう》だったが、卵があるなら今取りに行かねばならない。

「頼んだぞ」

レオナルドと騎士にはあらかじめ金子を渡し、馬と研ぎ直した剣も預けた。

「本当に竜の卵があったら、魔力を注いでおこう。卵を孵《かえ》すには魔力を注ぐそうだ」

レオナルドは騎士にもたれかかりながら、のんきに言っている。騎士たちは退治するのにあれほど苦労した竜の卵を孵すと言っているレオナルドを、呆れた目で見ている。

モンサル村を離れ、二日後にはホーヘン村へ寄った。

「うわあああ、竜だ！」

ホーヘン村の村人たちは、竜の登場に大騒ぎになった。泥だらけの子どもたちが興味津々で竜の死骸に群がる。子どもたちの歓声を聞きつつ、リドリーはミミルの叔母の家を訪ねた。

「皇子！　ああ、ミミルが……っ」

ミエールは、リドリーたちの姿を見て、わっと泣き崩れた。家の中は暗く、無法者が荒らしたみたいにテーブルや壁が傷ついている。

「ミミルが攫《さら》われたのか？」

リドリーも家の中の様子を見て、顔を引き締めた。

「は、はい……、二日前、ヴォーゲル伯爵の兵がやってきてミミルを無理やり……、代わりにこれを置いていきました……」

ミエールは麻袋を差し出す。中を覗くと金貨五枚。

「はぁ。たった金貨五枚で？　物の価値も分からないのか」

リドリーはうんざりして麻袋をテーブルの上に放った。

「ミミルは……大丈夫なのでしょうか？　何も心配するなと言ってましたが……」

ミエールは涙ぐんで言う。

「心配するな。すぐに連れ戻しに行くから」

リドリーはミエールの肩を優しく叩くと、村長の家に寄り、村人を集めるよう指示した。もともと竜を見物しに多くの人が外に出ていたので、村人はすぐさま集まった。

「領主であるヴォーゲル伯爵は近隣の村から幼い子を奪っていると聞く。確かに城には若い女性の使用人が多かった。俺はこれからヴォーゲル伯爵の城へ行き、奪っていった子たちを家に帰すよう命じるつもりだ。この村にも奪われた子がいるというなら、私と共に参れ」

リドリーがよく通る声で村人に言うと、ざわざわと村人たちが顔を見合わせる。

「で、ですが、うちはお金を使ってしまって……」

苦しそうに中年女性が言い出す。金を使った以上、文句を言えないのじゃないかと思っているのだろう。

「問題ない。出稼ぎに行った扱いになるだけだ。さすがに賠償金を取るのは難しいだろうが、奪われた娘を取り戻すことはできる」

　きっぱりと言うと、村人たちの顔がぱっと明るくなる。すぐさま娘を奪われたという夫婦が四組手を上げ、涙ながらに娘を返してほしいと訴えてきた。

「あの、隣村にも娘を奪われた夫婦がいるのです！　一緒にいいでしょうか⁉」

　ざわついた声の中、思い切ったように発言する男性がいた。

「ああ、いいぞ。今から警備隊の連中も呼ぶから、娘を返してほしい親がいたら声をかけろ」

　この際、大勢で押しかけるのも悪くないと思い、リドリーは気楽な口調で言った。とたんに村人たちが馬を使って近隣の村へ呼びかけをしに向かった。村に残り、警備隊の連中が来るのを待っていると、ホーヘン村にぞくぞくと人が押し寄せてきた。

（え、あの変態、一体どれほど幼女を集めたの？）

　小さな村に救いを求めるような眼差しで集まってきた夫婦の数に恐れをなし、リドリーは冷や汗を掻《か》いた。

「人の皮を被《かぶ》った悪魔とはあの男のことですね」

　正義感が強いシュルツも怒りを滲《にじ》ませている。かなりの人数が集まった頃には日が暮れかけていた。ようやく要請を聞きつけ、近くの街から警備隊もやってくる。警備隊はこの小さな村に皇子一行と巨大な竜二頭、それに大勢の村人が集まって愕然《がくぜん》としている。

「さて、ではそろそろ行こうか」

子どもを返してほしいという切実な眼差しの村人たちを見回し、リドリーは立ち上がった。

薄闇の中、松明《たいまつ》の火を翳《かざ》しつつ現れた集団に、門兵は度肝を抜かれていた。無理もない。まるで村人が反乱か謀反でも起こしかねない形相だったからだ。だが先頭を行くのは、帝国の第一皇子だ。門兵は何が起きたかと震えている。

「門を開けよ、ヴォーゲル伯爵に用がある」

リドリーが鋭い声で命じると、門兵たちはおろおろしつつ門を開けた。一人の門兵が走って領主へ連絡に行く。

「お、お待ち下さい、皇子殿下はともかく、平民は……、伯爵の許可がないと……」

リドリーやシュルツ、エドワード、アルタイル公爵や数名の騎士、警備隊までは通した門兵も、ぞろぞろと入ってこようとした村人たちを押し留めた。

「彼らは私の供だ。何の権利があって、止める？」

馬上からリドリーがぎろりと門兵を睨みつけると、「ひえっ」とたじろぐ。

「皇子殿下の道を遮るでない。そなたらはそこで城から誰も出て行かせないようにしろ」

アルタイル公爵も持ち前の強面《こわもて》で門兵を威圧する。門兵たちは真っ青になり、無言でこくこく頷いた。

城の正面玄関までいくと、門兵から知らせが届いたのか、正面玄関の扉が派手に開けられ、ヴォーゲル伯爵と兵が出てきた。ヴォーゲル伯爵はいきなり現れた皇子と騎士たちに唖然《あぜん》とし、憎悪の目で睨みつける村人に顔を強張《こわば》らせた。

「こ、これはベルナール皇子殿下。竜退治を終えられたのですかな？　このような夜更けに何の御用で……」

村人を率いているのは明らかにリドリーだったので、ヴォーゲル伯爵も困惑したに違いない。リドリーは馬から降りもせず、後ろにいた警備隊の男たちに顎をしゃくった。

「罪状を読み上げろ」

リドリーが命じると、警備隊の男が前に進み出てきて、持っていた書面を突きつける。

「ジェダン・ド・ヴォーゲル伯爵。アルタイル公爵家の長女をかどわかした罪で処罰する」

警備隊の男が文面を読み上げ、ヴォーゲル伯爵に差し出す。ヴォーゲル伯爵は狐《きつね》につまれたような顔で書面と警備隊の男を見比べる。

「な、何かの間違いでは……？　私は公爵閣下の長女など知らぬが……」

事態を把握できないでいるヴォーゲル伯爵の前に、アルタイル公爵がずいっと前に出てくる。大柄なアルタイル公爵に比べると平均身長のヴォーゲル伯爵は小さく見える。しかもアルタイル公爵は眼圧だけで相手を平伏させると有名なので、卑小なヴォーゲル伯爵は蛇に睨まれた蛙《かえる》だ。

「我が娘を攫ったそうだな。貴様、生きて帰れると思うなよ？　今すぐミミルを返してもらおうか」

アルタイル公爵に凄《すご》まれ、ヴォーゲル伯爵がびくっと震える。ミミルという名を聞き、ヴォーゲル伯爵は今にも倒れそうなほど足を震わせた。

「そ、そんな馬鹿な、あの子はホーヘン村の……っ、何かの間違い……っ、あんな子が公爵家のはずが……」

混乱したヴォーゲル伯爵がリドリーと目を合わせる。リドリーがにやぁーと悪魔の笑みを漏らすと、驚愕してわななく。

「嘘《うそ》だ、そんな、まさか騙《だま》したのか⁉」

ヴォーゲル伯爵がリドリーを凝視する。リドリーが囁《ささや》いた言葉が走馬灯のように蘇ったのだろう。リドリーはあまりに面白すぎて、肩を揺らした。

「あの時道案内をしてもらった少女をかどわかすとは、ヴォーゲル伯爵の高貴な趣味には恐れ入った。あなたに言い忘れていたが、あの子があまりにも聡明《そうめい》なので、ここにいる公爵がぜひ養女にしたいと言っていたのだよ。竜退治を終えたので、養女にしたミミルを一緒に連れて帰ろうとしたら、ヴォーゲル伯爵が攫っていったというじゃないか。何と恐ろしい……、公爵は烈火のごとく怒り狂っているぞ」

リドリーがにやにやしながら、声だけ哀れっぽくすると、ヴォーゲル伯爵がわなわなと震える。

「騙したな！　薬師の娘で身寄りがないと……っ」

憤ったようにヴォーゲル伯爵がリドリーに摑みかかろうとしたが、それはシュルツの素早い動きで阻止された。

「貴様、皇子に何をするつもりだ」

シュルツは捕らえたヴォーゲル伯爵の腕を、捻《ね》じ曲げ、へし折る。

「ぎゃあああ！」

ヴォーゲル伯爵は腕を折られ、痛みのあまりその場でのたうち回った。

「ヴォーゲル伯爵よ、教えてやろう」

リドリーは馬から降り、転がっているヴォーゲル伯爵の股間を思い切り踏みつけた。ぐえっと蛙がつぶれたような声でヴォーゲル伯爵が呻《うめ》く。

「貴族だろうと平民だろうと、幼女に手を出す変態は処刑だ」

冷たい眼差しを浴びせ、リドリーは警備隊に顎をしゃくった。警備隊の男たちはヴォーゲル伯爵を縄で縛りつけて連れていく。

この捕り物騒ぎを、伯爵に仕えていた執事や兵たちは呆気に取られて眺めていた。リドリーはヴォーゲル伯爵が連行されるのを見送り、執事に目を向けた。

「ヴォーゲル伯爵がさらっていった子を全員、ここへ連れてこい。城に踏み入って荒らされたくなかったらな」

リドリーが執事へ向けて厳しい声で言うと、執事は観念したように城で働く使用人たちをこの場へ呼び出した。

そこからは涙の再会劇の始まりだった。メイド服姿の娘やまだ幼い娘が両親に抱きしめられ、互いに涙で胸を濡《ぬ》らす。攫われた娘の数は二十人近くに及んだ。すべての娘が自分の家へ戻れたらよかったのだが、問い詰めたところ、城へ連れてこられた後、亡くなった娘も数人いた。地下には拷問部屋なるものもあり、ここはヴォーゲル伯爵の闇を抱えた城だった。攫われた娘たちは家へ戻ったら家族を殺すと脅されていたそうだ。

「あ、ミミルです」

騒がしい人々の中、エドワードがよろよろした足取りで出てきたミミルを見つけた。最後のほうで正面玄関に現れたミミルは、顔やこめかみに血が滲む怪我を負っていたが、無事だった。

「ミミル、よくやったな」

ミミルの顔を見るなりリドリーが言うと、一瞬にしてその顔が真っ赤になり、くしゃくしゃにして目に涙を溜《た》めた。まだ十三歳だ。囮になるといったものの、内心では恐ろしかったに違いない。リドリーがミミルの小さい身体を優しく抱きしめると、それまで堪《こら》えていたものが爆発したように、うわあああんと泣き出した。

「やりましたぁ、やりましたよ、皇子！　助けに来てくれて、ありがとうございます！　このまま見捨てられたらどうしようって」

ミミルはボロボロ涙を流しながら、リドリーに抱きついて叫んだ。ホーヘン村にいた頃、ミミルはいつか自分もヴォーゲル伯爵の魔の手に落ちると恐れていた。魔力持ちというのが分かって逃げ出せたものの、自分一人が助かっても、村の子どもたちはずっと恐怖に怯《おび》えているという事実は常につきまとった。それをずっと心苦しく思っていたのだろう。

「皇子、それは養父となった私の役目ではないでしょうか」

リドリーの腹に抱きついて泣いているミミルを眺め、アルタイル公爵がこほんと咳払《せきばら》いする。ミミルが濡れた目でアルタイル公爵を見上げる。ミミルには適当な騎士の養女にするとだけ言っていたので、まさか公爵家の養女になるとは思わなかっただろう。

「ミミル、お前を養女にしたのは公爵だ。よかったな、騎士団長の父と帝国一の美貌を誇る兄がついてくるぞ」

リドリーがからかうように言うと、エドワードが小さく笑ってミミルに頷く。

「え、え、えええええっ」

ミミルは涙も引っ込み、腰を抜かさんばかりに驚いている。

「あと竜退治もしたから、竜の死骸も見せてやる」

パニックになっているミミルが可愛《かわい》くて、リドリーは柔らかな髪を掻き乱した。

怒濤《どとう》の一夜が明け、ヴォーゲル伯爵の罪状は近隣の村に瞬く間に知れ渡った。あの後も城には捜索の手が入り、違法に連れてこられた使用人を解雇する流れとなった。城にいたヴォーゲル伯爵の身内は、逆らうと殺されるからヴォーゲル伯爵のすることを黙認していたと語った。ホーヘン村に戻り、野営地で睡眠をとると、森へ逃げていた子どもたちも事情を聞きつけ村に戻ってきたと聞かされた。

「皇子、ありがとうございます！」

「皇子のためなら、何でもします！」

子どもたちはリドリーを尊敬の眼差しで見上げ、命でも張る勢いだ。村人たちもリドリーの元へ野菜や果実を持ち寄り、せめてもの礼として受け取ってくれと頭を下げてきた。

「シュルツ、エドワード。ちょっと魔女に会っておきたい」

ホーヘン村での仕事は終えたのでもう帝都へ戻ってもいいのだが、その前に森に棲《す》む魔女に話を聞いておきたかった。騎士たちには休むよう言い、リドリーはシュルツとエドワードだけを伴って森の奥へ踏み入った。

道に迷う魔法はすでに解けているので、魔女の家には徒歩十五分ほどで辿《たど》り着いた。リドリーたちの気配に気づいたのか、ドアをノックする前に老婆が扉を開ける。

「子どもたちから聞いたよ。ほんにありがとうのう」

老婆はリドリーの手を握り、何度も頭を下げる。老婆は長年の憂いを取り払い、心から安堵していた。

テーブルにはハーブティーとジンジャークッキー、そして魔女特製の野イチゴジャムが並べられた。手土産代わりにモンサル村のチーズを分けると、嬉しそうに受け取ってくれる。

「実は魔女殿に聞きたいことがある。ユーレイアという魔女と面識はあるか？」

シュルツとエドワードが同席しているのを承知しつつ、リドリーは老婆に尋ねた。シュルツはリドリーがユーレイアという魔女について調べているのは知っていたが、エドワードは初耳だったのだろう。かすかに眉根を寄せ、唇を引き結んだ。

「ユーレイアか……、ああ知っているとも。魔女は十年に一度集会をするからね。古参の魔女同士顔見知りになるのさ」

思いがけず良い返事が来て、リドリーは胸を弾ませた。

「ユーレイアは皇帝に呪いをかけたと言われている。それがどんな呪いだったか知っているか？　それともユーレイアの容姿について知りたい。そもそも……ユーレイアは生きているのだろうか？」

リドリーがじっと老婆を見つめて聞くと、うーんと首をかしげる。

「皇帝に呪いをかけたのは、風の噂《うわさ》で聞いているよ。本当かどうかは知らんがね。生きているかどうかも分からん。何しろアタシが最後にユーレイアに会ったのは、前皇帝が存命の時……二十年以上前だからね……」

老婆の話を聞き、ヘンドリッジ辺境伯の領地に棲んでいた魔女の話を思い出した。あの魔女も同じくらい前に会ったのを最後に、ユーレイアを見ていないと言った。

「ユーレイアは……オッドアイだったのか？」

リドリーは前のめりになって尋ねた。老婆の目が糸のように細くなり、何かを思い出したように笑った。

「ああ、そうかもしれないねぇ。いや、正確には分からない。アタシの知るユーレイアはいつも左目に黒い眼帯をつけていてね。オッドアイだったかどうか……」

黒い眼帯と聞き、リドリーは何とはなしに逸《はや》る気持ちがあった。

ユーレイアという魔女は、本当に自分の乳母だったのかもしれない。何故《なぜ》彼女が自分の乳母をしていたのか分からないが、やはり自分とベルナールの魂が入れ替わったのには理由があるはずだ。乳母はルーと名乗っていたそうだが、もしユーレイアなら偽名だろう。実家であるアサッド地方へ帰るというのは嘘で、どこかへ姿をくらました。

（だが……そうするとユーレイアに関する手掛かりはなくなる）

ルーが教えてくれた住所には誰も住んでいなかったらしいから、まったくのでたらめだとしたら、探す手掛かりはない。ユーレイアは今、どこにいるのだろう。

「貴重なお話をありがとうございました」

これ以上情報はないと悟り、リドリーは老婆に礼を言って森の住み処《すか》を後にした。

老婆はこのまま森でひっそりと暮らしていくという。もう森にかけられた魔法は解けたので、子どもだけでなく老婆に恩を感じた村の者が老婆の家を訪れるだろう。

リドリーたちも帝都へ向かって出発した。

◆6　褒美をください

　ホーヘン村から二週間かけて、リドリーたちは移動した。行きより帰りに時間がかかったのは、竜という巨大な荷物があるからだ。おまけに途中の村々で竜を見たがる者が詰めかけ、寄り道が多くなった。

　ようやく帝都に足を踏み入れた時、リドリーは想像以上の喝采に驚いた。竜を二頭仕留めたという情報はすでに帝都に届いていて、街道には人が押し寄せ、店先や家屋の窓からひと目見ようと人があふれていた。騎士や魔法士を称《たた》える声も多かったが、一番多かったのは皇子《おうじ》への歓声だった。リドリーが馬上から手を振るだけで市民たちは感激し、賞賛を浴びせてきた。予想以上の期待がリドリーに注がれている。ここまでの騒ぎになるとは思っていなかったので、少し不安になったほどだ。

　広場を突っ切っていると、子どもたちは竜の大きさに「すげぇ」「おっきいなぁ！」と声を上げている。竜を見たのは初めてという者ばかりだ。血抜きをしてわざわざ見せびらかすように連れてきた甲斐《かい》があるというものだ。

「皆、皇子を称えておりますね」

馬首を並べていたシュルツは、自分のことのように誇らしげだ。

「お前の栄誉を称えている女性も多いぞ」

顔を近づけないと言葉がよく聞き取れないくらいの歓声なので、リドリーは身体《からだ》を横にずらして返した。

「これだけの成果を上げたのです。必ずや立太子なされますね」

シュルツは意気込んで言う。リドリーとしては立太子に興味はないが、皇帝がこの成果をどう評するのか興味はあった。ぐうの音も出ないほど目的を達したのだ。今さら自分の発言をなかったことにはできまい。

皇帝の忌々しそうな表情を想像するだけで笑いが止まらず、リドリーは馬の速度をつい速めがちだった。

一時間ほど広場の辺りを練り歩き、リドリーたちは城へ向かった。城に至る橋のところでは、近衛《このえ》騎士が勢ぞろいしてリドリーたちを出迎えてくれた。

「皇子殿下に敬礼！」

近衛騎士は剣を胸に掲げ、リドリーたちが進むのを誇らしげな様子で見送ってくれる。久しぶりに近衛騎士たちの顔を確認し、なつかしい気さえした。

城門が門兵によって開かれ、リドリーは先陣を切って城内に馬を進めた。大きな竜を城へ入れるのは大変な作業だった。前庭に二頭を並べると、衛兵たちも竜に興奮している。リドリーは正面玄関前で馬から降り、同じく下馬したアルタイル公爵、シュルツやエドワード、それから騎士たちを従えて中へ入った。

騎士を従えたまま、リドリーは謁見の間へ向かった。衛兵が大きな扉を開けると、そこには主だった貴族と、官僚、そして皇族が待ち構えていた。一カ月半ぶりにここへ戻ってこられた。リドリーが堂々とした佇《たたず》まいで敷かれた赤い絨毯《じゅうたん》を行くと、どこからともなく拍手が湧き起こった。リドリーはそれらに微笑《ほほえ》み返したが、玉座に座る皇帝が忌々しそうに目を細めたのが分かった。

「帝国の太陽の如き皇帝陛下に申し上げます。ベルナール・ド・ヌーヴ。皇帝陛下の命に従い、竜を仕留めて参りました」

玉座の前で立ち止まったリドリーは膝を折り、優雅に口上を述べた。すっと視線を横へずらすと、皇帝の隣に座っていた皇后が目に涙を溜《た》めて微笑んでいる。その嬉《うれ》しそうな顔を見ただけで、苦労が吹き飛んだ。

「顔を上げよ」

玉座から皇帝が重々しく告げる。リドリーが顔を上げると、皇帝の冷たい眼差《まなざ》しが注がれた。無能と思っていた皇子が竜を二頭も仕留めてきたので、腹立たしさを抱えているに違いない。きっと竜にやられてボロボロになって帰ってくるのを期待していたはずだ。

「うむ。見事、竜を退治してきたようだな。よくやった」

内心の忸怩《じくじ》たる思いは堪え、皇帝がそらぞらしく告げる。

「竜を仕留めた様子、聞かせてもらおうか。そうだな、公爵——そなたは事実をありのままに語るであろう。そなたの口から状況を説明せよ」

皇帝はリドリーの後ろに控えていたアルタイル公爵に話を向けた。皇子本人に話をさせない辺り、きっと活躍したのは騎士たちだと考えているのだろう。皇子はただの飾りであったと示すために、わざとアルタイル公爵に話を振った。

「僭越《せんえつ》ながら、私の口から竜退治の様子をお話ししましょう」

アルタイル公爵は皇帝に促され、すっと立ち上がり、口を開いた。その口から、竜退治における騎士たちの活躍、魔法士の援護射撃、村人の協力、そして何よりもリドリーのもたらした前準備がことごとく功を奏し、土竜だけでなく火竜までも討ち取れたと語られる。アルタイル公爵は話し下手かと思っていたが、なかなかどうして、緊迫した様子を語るさまは聞いていた貴族一同が話に釣り込まれるようだった。そして過分なほどリドリーへの誉《ほ》め言葉がその口から流れ出て、ひそかに赤面したほどだった。

「これが竜退治における我らの活躍です。ベルナール皇子殿下がいなければ、二頭の竜を退治するのは叶《かな》わなかったでしょう」

アルタイル公爵がそう締めくくり、皇后はハンカチを濡《ぬ》らすほど感激していた。皇帝は顔を強張《こわば》らせ、わずかに動揺した様子が見て取れた。貴族たちも「すばらしいご活躍だ」とリドリーを褒め称える。

リドリーは挑むように皇帝を見上げた。皇帝の頰が引き攣《つ》り、一瞬だけ視線が逸《そ》らされる。その瞬間、勝ったという思いが腹の底から湧いてきた。この顔を見るためだけにがんばったといっても過言ではない。お前の世は終わりだと言葉にして告げたいくらいだが、今は大人しくしていてやろう。

「……そうか、第一皇子がそのように強くなっていたとは、想像だにしていなかった。ベルナールよ、これだけの活躍をしたのだ。何か褒美を取らそうではないか」

気を取り直した様子で皇帝が言った。こう言うしかないのを皇帝も分かっている。

「陛下、皇子の立太子の件は……」

凛《りん》とした態度で皇后が口を挟む。皇后としては、ここで立太子の件をうやむやにされるわけにはいかない。皆の前で言質《げんち》を取ろうとしたのか、一歩も引かない様子で皇帝を見つめている。

「分かっておる。竜退治をしたのだ。ベルナール皇子を皇太子に任じる」

皇后に押される形で、皇帝がはっきりと告げた。その一言で貴族たちも息を吞《の》み、拍手で賛同する。皇后が頰を紅潮させ、「素晴らしい判断です、陛下」と頷いた。

とうとう立太子するのか、とリドリーも気を引き締めた。元の身体に戻ったらベルナールが皇太子になってしまうが、その後のことは知ったことじゃない。

「立太子の儀に関する件は、宰相に任せよう」

皇帝が軽く手を上げ、傍《そば》に控えていたビクトールに視線を向ける。ビクトールは微笑みながら「お任せ下さい」と一礼した。

「それとは別に、褒賞を授けようではないか。何か望みはあるか？」

皇帝なりに度量を見せつけようとしたのか、皮肉げな笑みと共に玉座から見下ろされる。褒賞と聞き、リドリーは少しばかり目を伏せた。

「……何でもよろしいのでしょうか？」

低い声で問い返すと、皇帝が面倒そうに手を振る。

「竜二頭に値するものならな。そなたの好きなドーナツを死ぬほど食わせてもいいぞ」

下卑た笑いで返され、皇帝の側近が愛想笑いをする。いつもの皇子への馬鹿にした発言だ。だが、皇帝が思うよりも皇子へのからかいの言葉に追従する者がいなかったのだろう。不愉快そうに皇帝が唇を歪《ゆが》める。

リドリーはすっと立ち上がり、皇帝を見据えた。

「では、帝国法の改正についてお願いしたいと思っております」

リドリーの発言に、ざわっと貴族たちからどよめきが起こる。皇帝は呆気《あっけ》にとられ、宰相を始めとした官僚たちもリドリーが何を言い出したのかとまごついている。

「竜退治に行く途中の村で、領主が平民の子どもを攫う事件を解決してきました。平民の子どもに対する補償が低すぎるかと思われます。まるで家畜の如《ごと》きに。貴族の平民への扱いを緩和するためにも、処罰の重さを考え直すべきかと」

謁見の間にリドリーの声が響き渡った。本当はこんなことを言うつもりはなかった。平民の子どもに対する貴族の仕打ちに怒りが湧いても、しょせん自分の国ではないからだ。だが、褒賞と聞かれ、気づいたら口走っていた。

「何と平民の……?」

「何故《なぜ》そんな馬鹿なことを……」

「平民の子どもなど家畜でいいではないか」

貴族たちはリドリーの意見に困惑している。特権階級で生きる彼らにとって、平民の子どもは文字通り家畜なのだ。家畜をいくら処しようが問題ないと思っている。リドリーの発言は貴族にあるまじきもので、それまでリドリーに好意的だった貴族たちも騒然としている。

「ほう、それがお前の望みなのか」

皇帝がそれまでの不快そうな態度から一転して面白そうに舌なめずりをした。馬鹿な発言をした皇子に、皇帝は喜んでいる。

「帝国法の改正とは思い切った望みだな。それは我が一存では変えられぬ。次の国政会議での議題とすることにしよう」

愉快そうに皇帝が笑い、手を打った。貴族たちに煙たがられるのを想像し、悦に入っているのだろう。

「ありがたき幸せ。皇帝陛下にお礼申し上げます」

リドリーは胸に手を当て、一礼した。


謁見の間を出て、リドリーは改めて竜退治に同行してくれた皆に声をかけて回った。騎士たちには休暇が与えられ、これから家族の元へ帰ると嬉しそうだった。リドリーも死者が出なくて本当によかったと胸を撫《な》で下ろした。竜退治の後、怪我《けが》が多少残った者も、ミミルの治癒魔法ですべて回復した。

「皇子殿下、このたびはありがとうございました」

ミミルを始めとする魔法士たちは、親しみを込めてリドリーに頭を下げてきた。馬車で彼らと会話したことで、彼らとの仲はぐっとよくなった。魔塔主であるレオナルドを私的な理由でこき使っているのに、魔法士たちは「魔塔主は働かせたほうがいいです」と逆にリドリーを応援してきたくらいだ。

「のちに竜を引き取りに来てくれ。いつでもいいぞ」

竜二頭は魔塔の所有にするという取り決めをしているので、数日後には再び会えるだろう。

竜のせいで庭が狭くて仕方ない。

「貴重な経験でした。皇子殿下に神々の光があらんことを」

魔法士たちはそう言って城を出て行く。アルタイル公爵とエドワードに家で休むよう告げ、リドリーはシュルツと共に自分の部屋へ向かった。途中でビクトールと合流し、大いにねぎらわれた。ビクトールは興奮した様子でリドリーを褒め称える。

「皇子殿下の名声は広く知れ渡っております。今日の公爵の話を聞き、明日には新聞記事が帝都中にばらまかれることでしょう。皇子、やりましたな」

ビクトールの目尻に嬉し涙を見つけ、廊下を歩きつつリドリーは微笑んだ。

「竜退治に行っている間の帝都の話を聞かせてくれ」

移動の疲れはあるが、寝る前に宰相の口から情報を得ておかないと安眠できない。リドリーのそんな気持ちを察してか、ビクトールが細かく不在の間の出来事を語ってくれる。帝都はおおむね平和で、いくつかの事件は起きたが、つつがなく過ごしていたそうだ。

「ミレーヌ妃のほうは動きがありません。皇女が嫁がれてから、大人しくしているようです」

ビクトールが声を潜めて報告する。第二側室であるミレーヌ妃は以前リドリーを毒殺しようとしてきた。処罰するに至る証拠がないので泳がせている状態だ。

「そういえばスザンヌ様からお手紙が来ておりましたよ」

ドアの前で思い出したようにビクトールが言う。

「スザンヌから？」

アンティブル王国へ嫁いだスザンヌから手紙とは、意外だった。何かあったのだろうか。シュルツがドアを開けるのを横目で見つつ、リドリーは首をかしげた。

「帯同した皇子殿下へのお礼状でしょう。では、私は仕事へ戻ります。旅の疲れを癒して下さい」

ビクトールが深々と頭を下げ、去っていった。リドリーは部屋の中を確認したシュルツの異常なしという言葉を受け、中へ入った。何だかんだと皇宮の私室が安堵《あんど》できる部屋になった。

リドリーは長椅子に寝そべり、大きく伸びをした。

「あーマジ疲れた。もう何もしたくない」

馬も馬車も嫌いではないが、長時間乗っていると尻が痛い。身体を労《いたわ》るように長椅子にだらんと寝ると、ノックの音と共にメイドのスーがやってきた。

「皇子、お帰りなさいませ。無事お戻りになって嬉しいです」

スーは頬を紅潮させ、リドリーのために熱い紅茶とマフィンを運んでくる。シュルツがすかさず毒見をしようとしてきたが、追い払うように手を振った。

「竜を連れてきたぞ。庭に行ったか？」

長椅子に座り直し、リドリーはいたずらっぽく笑って聞いた。

「まだなんです。私も早く見に行きたくて！」

城内では竜の話で持ちきりだとスーがはしゃぎつつ言う。こちらはいいから、見てこいと言って、リドリーは紅茶に口をつけた。スーは躊躇《ちゅうちょ》しつつも、二度促すと軽やかな足取りで庭へ走った。

紅茶で咽《のど》を潤し、はーっと息をこぼす。

長い旅路だった。こうして任務を無事終えて、あとはもう寝るだけ……。

「皇子」

咳払《せきばら》いと共に、シュルツの存在が肩に圧し掛かってくる。横を見ると、熱っぽい眼差しでシュルツがこちらを見つめている。

「忘れておりませんよね？」

じりじりとシュルツが迫ってきて、リドリーは無意識のうちに赤くなる頬を厭《いと》った。

「分かっている。……夜、忍んで来い」

これ以上焦《じ》らすのは無理だろうと、リドリーは観念して言った。ぱぁっとシュルツの顔が輝き、リドリーの前に跪《ひざまず》く。

「誰にも見られるなよ。バルコニーの窓を開けておくから」

護衛騎士とただならぬ関係に落ちたと噂《うわさ》されたらまずいので、リドリーは念を押すように言った。

「飛んでまいります」

シュルツはリドリーの手の甲に唇を押しつけ、まるで支度を急ぐかのように部屋を出て行った。

(今夜、とうとう抱かれるのか……。まぁこれ、俺の身体じゃないんだけど)

シュルツに抱かれる自分を想像して、耳まで熱くなった。すごい夜になりそうだと思いながら、リドリーはマフィンをつまんだ。

旅の疲れもあったのか、入浴を済ませた後、リドリーは深い眠りについた。

物音で目が覚めたのは、真夜中だった。かすかにノックする音が聞こえてきて、あくびをして起き上がった。寝間着の上にガウンを羽織り、ベッドの枕元に置かれていたカンテラを手に取る。

明かりを窓へ向けると、シュルツがバルコニーに身を屈《かが》めている。鍵は開けておいたはずだが、シュルツは黙って窓を開けてくれるのを待っている。リドリーは乱れた髪を手で直し、窓をそっと開けた。

シュルツがすっと入ってきて、リドリーの身体を抱きしめる。シュルツはもう臨戦態勢で、熱っぽい眼差しでリドリーの頬を手袋で包み込むと、熱烈に口づけてきた。

「ん……っ、む」

　まだいいとも言ってないのに激しくキスされ、息ができない。カンテラを持ったままだから暴れるわけにもいかなくて、しばらくシュルツの好きにさせていた。

「皇子……、はぁ……、皇子」

　シュルツは何度も何度もリドリーの唇を吸い、熱い吐息を吹きかけてきた。長い間抑え込んでいた激情をぶつけてくるかのようだ。

「あ……」

　黙ってキスを受け止めていると、シュルツもようやく理性が戻ってきたのか、赤くなって身を離した。濡れた唇を拭い、リドリーはカンテラをベッド脇の棚に置いた。

「誰にも見られなかったろうな？」

　リドリーは確認するようにシュルツを振り返った。シュルツは赤くなった顔を手で覆い、「はい」と小声で言う。

　リドリーはベッドに乗り上げると、着ていたガウンを床に落とした。中に着ていたのはシルクの寝間着だ。腰ひもで結ぶタイプの服で、ひもを解けば下着しかつけていない。

「シュルツ、おいで」

　誘うような眼差しでリドリーは囁《ささや》いた。とたんにシュルツは興奮した様子でベッドに近づいた。シュルツは近衛騎士の制服を着ていて、首元さえ覆い隠されたままだ。自分の服も脱がないまま、ベッドに乗り上げ、リドリーを押し倒してきた。

「皇子……、興奮しておかしくなりそうです」

シュルツはうっとりとしてリドリーにキスを降らせながら、手袋を外した。シュルツの手は冷たくて、どれほど長い時間外にいたのか想像できた。冷たい手がリドリーの寝間着の腰ひもを解き、剝《む》き出しになった太ももに滑る。

「ん……っ」

ひやりとした感触にリドリーが身をすくませると、シュルツが息を荒らげて、両脚を割り開いてきた。シュルツはリドリーの下腹部に顔を埋めてきた。下着越しに性器を食《は》まれ、脚を震わせる。

「……っ」

下着の上から性器を刺激され、リドリーは息を詰めた。形をなぞるように食まれ、鼻先で擦《こす》られ、閉じようとした脚を押さえつけられる。シュルツは熱心にそこを愛撫《あいぶ》してきた。下着の中で性器が形を変え、硬くなっていくのが分かる。

「はぁ……、はぁ……」

リドリーが息を乱し始めると、シュルツは唾液でべたべたにした下着を引きずり下ろした。勃起した性器が飛び出て、シュルツの顔の前に突きつけられる。

「んん……っ」

気づいたらシュルツが性器を口に含んでいて、リドリーは頬を紅潮させた。生暖かい口の中で、性器がしゃぶられる。脈打つ部分を舌でなぞられ、先端を吸われ、どんどんリドリーの息遣いが激しくなる。

「皇子……気持ちいいですか？」

はぁはぁしながらシュルツに言われ、リドリーはシーツを掻《か》いて頷《うなず》いた。シュルツはリドリーの性器を手で支え、音を立ててしゃぶってきた。卑猥《ひわい》な音と腹の底が疼《うず》くような刺激に、リドリーは甘い声を上げた。

「う……っ」

性器を扱《しご》かれながら先端を吸われ、リドリーはあっという間に高みに連れていかれた。もう少しで射精する——と思った刹那、シュルツは銜《くわ》えていたリドリーの性器を口から離した。

「はぁ……っ、はぁ……っ、あ、……っ」

もどかしくてシュルツを見上げると、情欲のこもった瞳で見下ろしてくる。シュルツはまだ何もされていないのに、すでに息は荒く、下腹部が大きく盛り上がっているのが分かった。

「皇子……今宵《こよい》は、私を受け入れて下さいますか……？」

張り詰めた気を漂わせて、シュルツが上から覆いかぶさってくる。まだ全身が熱くて、早く達したくて仕方ない。リドリーは火照った身体を抱きしめ、小さく笑った。

「俺は褒美をあげない愚かな主《あるじ》ではないぞ……」

リドリーの囁きに、シュルツの頬に朱が走る。シュルツの息遣いが荒々しくなり、着ていた衣服を乱暴な手つきではだけた。ベルトを外し、シュルツの雄々しい下腹部が薄暗い部屋の中、さらされる。

（凶器！）

リドリーは間近でシュルツの性器を眺め、冷や汗を掻いた。今さら逃げられないが、やはりシュルツの性器は大きいと思う。こんなに立派な代物を隠し持っていたとは、宝の持ち腐れだ。慣れた女性ならいざ知らず、この身体はおそらく初めて男を受け入れるだろう。念入りに準備してもらわなければならない。

「シュルツ、いきなり入れても入らないからな」

猛《たけ》っているシュルツならいきなり犯しかねないと思い、言葉をかけた。最悪の場合、命令を以てシュルツの動きを止めるしかない。加護の術がかかっているシュルツなら、リドリーが拒否すればそれ以上動けない。

「分かっております」

シュルツは持ってきた香油を取り出し、リドリーの尻に垂らしてきた。いつの間にか熱くなったシュルツの手が、香油を尻のはざまに塗りこんでくる。

「う……っ」

つぷりとシュルツの指が入ってきて、内壁を探ってくる。最初は異物感に慣れないが、シュルッの指は以前も探ったそこを執拗《しつよう》に責めてくる。指で擦られると気持ちよくなる場所があって、入れた指でそこを弄《いじ》られて甘い声が漏れた。

「ふぅ……、はぁ……」

シュルッは中に入れた指を動かしながら、屈み込んでくる。苦しげに呻《うめ》くリドリーの唇に唇を重ね、舌で舐《な》め回してきた。開いた唇にシュルッの舌が潜り込んでくる。それはリドリーの舌と絡まり合い、互いの唾液を絡ませる深い口づけとなった。

「ん、んん……っ、はぁ、ふ……っ」

シュルッはリドリーの髪を掻き乱しながら、口を犯してくる。ざりざりと舌先で上あごを舐められると、何とも言えない感触が腹に溜まってきて、無意識のうちにひくりと腰が震える。そうすると今度は尻の奥に入れた指をぐっと押され、下半身から力が抜ける。

「あ、あ……っ、はぁ……っ、は……っ」

気づいたら尻の穴に二本の指が入っていて、内壁を広げるような動きをしている。シュルッは思う存分口を濡らすと、寝間着の前を広げ、リドリーの身体を露《あらわ》にした。

「あ……っ、あ……っ」

シュルッの頭が下がってきて、リドリーの剝き出しになった乳首を吸う。舌先で乳首を転がされ、ひくひくと腰が蠢《うごめ》いた。乳首は触られるたびに感度を増し、粘膜で弄られるとつい吐息がもれるほどだった。

「はぁ……はぁ……、んん……っ」

執拗に乳首を舌先で弄られ、リドリーは頭がぼーっとしてきた。舌で弾《はじ》かれ、強く吸われ、甘く歯嚙《はが》みされる。尻を弄られている間、ずっと両方の乳首を愛撫され、全身が熱を帯びていた。

「皇子……、指を増やしてもいいですか？」

指先で乳首を摘まみながら、シュルツが囁く。気持ちよくて流されるように頷くと、シュルツが香油を足して指を増やしてきた。

「う……っ」

三本も指を入れられると、さすがに苦しくて、リドリーは顔を顰《しか》めた。痛いと暴れるほどではないが、尻の穴を広げられて息も絶え絶えだ。

「痛いですか……？　申し訳ありません……俺のはもっと大きいので」

少し萎えてしまった性器を手で扱き、シュルツが申し訳なさそうに言う。シュルツの手の中で性器は濡れている。

「大丈夫だ……」

リドリーは呻くように言い、快感を拾い上げようとした。シュルツの指は最初苦しかったが、徐々に馴染《なじ》んできて、出し入れしても痛みはなかった。シュルツはリドリーの性器が萎えそうになるとすぐに直接的な刺激を与え、熱が冷めないようにした。やがて尻の穴が柔らかくほどけていくのを感じ、リドリーは覚悟を決めた。

「もう入れろ……、夜が明けるぞ？」

永遠に尻の奥を弄られているのがつらくなり、リドリーはシュルツの耳を引っ張って言った。サッとシュルツの瞳に光が宿り、感極まったように深くキスされる。

「力をお抜き下さい……」

耳元で囁きながら、シュルツが体勢を変える。リドリーの身体から羽織っていただけの寝間着が脱がされ、一糸まとわぬ姿でベッドにうつ伏せにされた。雄々しく反り返った性器の先端が尻のはざまに押し当てられる。

「この体勢が苦しくないようです……」

荒々しい息遣いでシュルツが言い、背中から圧し掛かってきた。香油で濡らした性器の先端がゆっくりと尻の穴に押し込まれてくる。ぐっと先端がめり込んできて、その重圧感にリドリーは息を呑んだ。

（や、やっぱりやめ……）

恐ろしさを感じて止めようかと思ったが、シュルツの切ない息遣いが耳に届き、かろうじて口を結んだ。シュルツは激しい息遣いで勃起した性器をリドリーの尻に押し込んでくる。ずぶずぶと硬くて熱いモノが入ってきて、リドリーはシーツを掻き乱した。

「はぁ……っ、はぁ……っ、あ……っ」

尻の穴を目いっぱい開かれて、犯される感覚――リドリーは身体を震わせ、肩越しに振り返った。するとシュルツのこれ以上ないほど真剣な眼差しとかち合った。シュルツはリドリーの手の上に手を重ね、ぐーっと腰を進めてくる。

「ひあああ、ああ……っ」

シュルツの性器が深く身体の奥に入ってきたのが分かって、甲高い声が漏れた。シュルツは息を荒らげ、ようやく動きを止める。

「全部……入ったか？」

息も絶え絶えでリドリーが聞くと、シュルツがすまなそうに首を振る。

「半分……ほどです」

まだ半分だったのかとリドリーは愕然《がくぜん》とし、太ももを震わせた。そのまま馴染むのを待つかのように、シュルツはリドリーの性器を扱いた。性器を扱かれると、中に入っている圧迫感が緩和される。

「はぁ……、ふぅ……、はぁ……」

リドリーは肩を上下させて息を吐き出し、ぐったりとシーツに身を投げた。シュルツが動きを止めたので、苦しさは少しずつ薄らいだ。だがそうすると今度は中にシュルツの性器が入っているのをまざまざと感じてしまう。

「皇子……、皇子……、はぁ、幸せです」

シュルツはリドリーを抱きしめ、恍惚《こうこつ》とした声で言う。シュルツの大きな両手が肩や背中、わき腹や腹部、胸元を撫で回していく。両方の指で乳首を摘まれ、腰が揺れるほど弄られた。

「動いて……いいですか？」

はぁはぁとした息を吐きながら聞かれ、リドリーはこの状態から脱したくて頷いた。シュルツが唾を飲み、リドリーの腰に手を添えた。

「ひゃ……っ」

ゆっくりと腰が動き出し、リドリーは変な声が上がった。内部を突かれる感覚がすごくて、声を殺せなかった。

「皇子……好きです、愛しています……」

シュルツは腰を小刻みに動かして、リドリーの身体を揺さぶってくる。最初は圧迫感のほうが強かったが、優しく腰を動かされているうちに、甘い電流が繋《つな》がったところから走ってきた。

「ひゃ、あ……っ、や、ぁ……っ、ひ、あ……っ」

硬い熱で奥の感じるところを擦られると、じわじわと疼くような感覚が全身を襲ってくる。自分の声が甲高く甘くなっているのに気づき、リドリーは驚いた。

（気持ちいい……のか？　尻なのに？）

シュルツが動くたび、喘《あえ》ぎ声が漏れ、リドリーは頭が溶けそうになった。シュルツの動きはどんどん滑らかになり、リドリーの内壁を移動してくる。ぐちゅぐちゅという音を立てて性器

が深い奥まで入ってきて、リドリーはたまらずに身悶《みもだ》えた。

「あ……っ、あっ、あっ、やぁ……っ、あ……っ」

シュルツの動きが速くなってくると、それに合わせて嬌声《きょうせい》もひっきりなしにこぼれる。シュルツは繋がったままベッドに横になり、測位の体勢で背中からリドリーを抱きしめてきた。そのまま乳首と性器を弄られる。

「……っ、やぁ、あ……っ、あっ、あっ」

乳首を強めに摘まれ、性器の先端を指先で刺激される。さらに腰を動かされ、リドリーは甲高い声を上げた。快楽の度合いのほうが勝り、甘ったるい声が勝手に口から洩《も》れた。乳首と性器が気持ちいいせいか、尻の奥を突かれるのも気持ちよく思えてくる。

「はぁ……っ、はぁ……っ、皇子、もうイきそうです……っ」

シュルツは堪えていたものが限界に達したのか、獣じみた息遣いで耳元で訴える。急に激しく腰を突き上げられ、リドリーは自分が大声を上げそうだと察し、口を手でふさいだ。

「皇子……っ、皇子……っ」

激情をぶつけるみたいにシュルツが腰を振ってきて、ぎゅーっと抱きしめてきた。それと同時に内部で熱い液体が注がれたのが分かり、リドリーはひくんと腰を震わせた。

「はぁ……っ、はぁ……っ、皇子……っ」

シュルツはきついくらいリドリーを抱きしめ、まだ精液を吐き出してくる。繋がったところから互いの鼓動の音が分かるようだった。リドリーはほとんど何もしてないのに、ぐったりして呼吸を繰り返した。

（しまった……中に出すなと言うべきだった……）

子種を注がれたと遅まきながら理解し、リドリーはぼうっとした頭で身じろいだ。

シュルツはまだ事後の余韻に浸っていて、太い腕の中にリドリーを閉じ込めている。気づけばシュルツは服を脱がないままやっていて、どれほど余裕がないか分かった。

「シュルツ、もう……」

射精したのだから抜いてほしいと思いリドリーが振り返ると、はぁはぁとした息遣いでシュルツが密着してくる。

「皇子、皇子、お慕いしております」

濡れた目元でシュルツが唇をふさいでくる。しかも中に入っている性器がまた硬くなっている。一体いつ自分を解放してくれる気だと、ぞくっとした。

「おい、もう……」

離せ、と言おうとしたのにシュルツはリドリーの唇をふさぎながら、腰を動かしてくる。ずぷずぷっと濡れた音が響き、リドリーは抗《あらが》おうとした。だが、屈強な身体のシュルツに力で敵《かな》うわけがない。

「駄目です、一度じゃぜんぜん収まりません」

抗議しようとしたリドリーの肩に顔を埋め、シュルツが少し強引に腰を振ってくる。まだ達していなかったリドリーは、その熱に流され、声を上げた。一度達したせいか、ぬめりを伴った内部は柔らかくなっていて、シュルツの性器が気持ちいい場所を突いてくる。

「皇子も……出して下さい……」

片方の足を持ち上げられ、シュルツが性器を抜きながら腰を揺さぶってくる。避けられない快楽に呑み込まれ、リドリーは甘い声を漏らし続けた。


二度、リドリーの中で達すると、シュルツはようやく腰を引き抜いてくれた。その頃にはリドリーはもうぐったりしていて、身動きさえとれない状態だった。シュルツの性器が抜かれると、どろりとした液体がシーツに垂れ流される。興奮していたシュルツはそこで自分がどれほど理性を失っていたか分かったようだ。

「も、申し訳ありません……っ、血が……っ」

やはりシュルツの大きさをいきなり受け入れるのは無理があったのか、シーツに血が残っていたようだ。リドリーも確認したが、わずかなものだった。それより汚れたシーツの後始末が面倒だ。

「シュルツ、拭いてくれ」

リドリーは青ざめているシュルツに指示を出し、濡れた布で汚れた身体を拭かせた。シーツは外して丸めておく。身体を重ねたことでシュルツは愛《いと》しさが増したのか、甲斐甲斐しくリドリーの世話をしている。目が合うと微笑み、愛していますと繰り返している。

喜びに浸っているシュルツに、一言言っておかなければならない。

「――シュルツ、言っておくが、俺とお前は恋人関係になったわけではないからな」

厳しい声ではっきり告げると、シュルツが一転して絶望的な様子になった。

「そ、そんな……、私は」

「これはあくまで褒美だ。俺はお前のものになったわけではない」

身体を重ねた直後に言うのは酷かと思ったが、その辺ははっきりしておかねばならない。間違ってシュルツに恋人面されたらまずい。シュルツのことは身体を許すくらいは好きだが、皇子が護衛騎士と恋に落ちたらよくないことくらい心得ている。

「忠義の塊であるお前なら、分かってくれるよな？」

シュルツの顎に手を添え、無理やりこちらを向かせて言う。シュルツは切ない目でリドリーを見つめ、苦しそうに頷いた。こう言っておかないと、シュルツのことだ。独占欲を発揮して変な行動に出かねない。

「分かればいいんだ。さぁ、もう行け」

身体を清めてもらうと、リドリーはバルコニーに続く窓を指さした。シュルツは未練がましくのろのろと動いていたが、夜が明ける頃合いだと分かったのか、音も立てずに窓から外へ出て行った。近くの木を伝って、降りていくのを見届け、腰を曲げた。

「うぅ……ケツがじんじんしてきた」

事後の余韻が冷めると、痛みのほうが増してきた。あんな大きなモノを受け入れたのだ。身体に負担がかかって当然だ。リドリーはあちこちきしむ身体をベッドに横たえた。

三時間ほど眠っただろうか。ノックの音とスーの呼ぶ声がして、リドリーは目を覚ました。いつの間にかもう朝だ。

「皇子、お目覚めですか？」

スーが入ってきて、ワゴンで目覚めの紅茶を運んでくる。リドリーは起き上がろうとして腰に痛みが走り、スーを手招いた。

「スー。シーツが汚れたから内緒で洗ってきてくれ。ちょっと血がついているんだが、大した怪我じゃないから……」

シーツの汚れは分かるものが見れば情事に耽《ふけ》ったとばれるものだ。婚約者もいない皇子にそういう相手がいたと思われてはまずい。

「血⁉　ど、どこかお悪いのですか！　今すぐ医師を……っ」

スーはシーツの出血を見つけ、真っ青になって部屋を飛び出そうとする。慌ててそれを止め、ちょっと鼻血が出ただけとごまかしておいた。スーはシーツを確認しても何が起きたか分かっていないようだった。きっとそういう行為に疎いのだろう。恋人がいるという話も聞いたことがない。

「あと、旅の疲れで今日は休みたい。公務は明日からすると伝えてくれ」

ベッドから起き上がってみたが、腰の辺りに違和感があって歩き方がぎくしゃくする。今日は部屋にこもろうと決め、私室の長椅子から指示を出した。

(そういえばスザンヌから手紙が来ていたんだっけな)

昨日はいろいろやることが多くて、手紙は全部後回しにしていた。留守の間に届いた封書は山のようにあり、目を通すだけで時間がかかりそうだ。長椅子に寝そべりながら封書を開いていくと、ほとんどがパーティーのお誘いだった。皇太子になるリドリーと仲良くなっておきたいという貴族連中から、うんざりするほど招待状が来ている。

半分ほど封書を見終えたリドリーは、ようやくスザンヌの手紙を見つけて封を開けた。手紙には達筆な文字で、季節の挨拶とアンティブル王国で元気にしておりますという型通りの文が書き添えられている。

その手紙の後半部分で、リドリーは固まった。

『ベルナールお義兄様《にい》にそっくりの伯爵とお会いしました。ご病気で自宅療養中のリドリー・ファビエル伯爵です。こんな偶然あるのですね。初めてお会いしたのにまるで昔からの知り合いのようでした。ファビエル伯爵は、夫とも仲がよいようですし、ぜひ親しい仲になれたらと思っております』

スザンヌの手紙を読み終え、リドリーは頭を抱えた。

（遠回しに嫌味を言っている！）

アーロンと一緒にファビエル家へ行ったとニックスから聞かされた時から覚悟していたが、これからどう行動するつもりだろう？　今のところ秘密を共有してくれるようだが……。

（やっぱり義妹から見たら、疑惑を持つよなぁ。それもこれもベルナールのアホが太りすぎたせいだ。何でだ？　顔はぜんぜん違うのに、太った俺はまるでベルナール皇子みたいだった）

魂が入れ替わったなど通常考えられないことだが、魂が違うだけで見た目や行動に影響がある。スザンヌがリドリーの姿を見て、ベルナールを思い出すのは仕方ないことだった。

「何と返事をすべきか……」

リドリーは天井を見上げ、ため息をこぼした。スザンヌには今後も協力者になってほしいから、態度には気をつけなければならない。適当にごまかしたり、嘘《うそ》を並べたりするのはスザンヌの矜持《きょうじ》を傷つけて信頼を損なうだろう。

悩んでいると、ノックの音がして、宰相のビクトールが入ってきた。

「皇子殿下、体調が思わしくないと聞きましたが、大丈夫ですかな？」

ビクトールは寝間着姿のままのリドリーに労るように聞く。今日は疲れを癒すために一日休むと伝えたので、わざわざ部屋まで来てくれたようだ。

「案ずるな。時差ぼけみたいなものだ。明日には体調も戻るだろう」

リドリーは呼び鈴でメイドを呼び、お茶を頼んだ。地味顔のメイドのアネットは出戻ったうちの一人だ。スーをメイド長にした後、メイド同士でいじめがあったのでスー以外全員解雇したのだが、スーの願いもあって数名元の仕事に戻した。アネットは近衛騎士のイムダの恋人らしい。柑橘系《かんきつけい》の匂いがする紅茶を淹《い》れる。

「立太子の儀ですが、半年後に行われることになりました」

メイドが部屋の隅へ移動すると、椅子に座ったビクトールがおもむろに告げた。春先に、帝都の大神殿で立太子の儀を行うことになった。リドリーたちが竜退治を見事成し遂げたおかげで、大神殿の人気がうなぎのぼりだそうだ。大神官も竜退治が成功したのは、神の加護があったと触れ回っているらしい。

「準備期間が長いな」

リドリーとしては三カ月後くらいにやるかと思っていたので、半年後というのは意外だった。準備期間が長ければ長いほど、儀式は壮大になる。

「ええ、今回、隣国や同盟国から貴賓を招く予定です。かつてない規模の催しとなるでしょう」

ビクトールがひげを弄りながら言う。帝国の皇子が立太子するので、周辺国の王族を招くのだろう。

「皇子殿下、これは立太子の儀ですが、お見合いも兼ねております」

お見合いと聞き、リドリーは眉を顰《ひそ》めた。

「同盟国や隣国からは、未婚の王女が来るでしょう。皇后陛下は他国と結びつきを強めるためにラムダ国か、マフトフ国の王女を迎え入れるのが理想的と考えております」

「公女は諦めたのか」

リドリーは呆《あき》れて紅茶に口をつけた。皇后は公爵家のエリザベス嬢をリドリーの相手に考えていたはずだが。

「公女も皇子も乗り気ではない様子でしたので、皇后陛下は諦めたようです」

ビクトールに苦笑され、リドリーも肩をすくめた。皇子である以上、政略結婚は当然とリドリーは考えている。皇后がどうしてもと望むならエリザベス嬢と婚約してもよかったのだが、エリザベス嬢の好みは筋肉ムキムキの男で、ほっそりして白馬が似合うリドリーは眼中になかったのだから仕方ない。皇后としてはアルタイル公爵の後ろ盾はすでにあるので、他の公爵家と婚姻して皇子に確固たる地位を作りたかったのだろう。帝国には公爵家は四家のみだ。それぞれ均等な力を持っている。

「皇后陛下は、一番に皇子殿下の幸せを願っておりますよ」

ビクトールに微笑まれ、リドリーもつられて笑んだ。それはリドリーも分かっている。中身が別人で申し訳ないくらい、皇后は皇子に愛を注いでいる。

「つまり、王女と会う際には婚姻相手としてどうかという点も考えて行動しろということだな？」

リドリーが足を組んで言うと、ビクトールがさようですと頷く。

「……それにしても、皇子殿下があのような望みを皇帝陛下におっしゃるとは、思いもしませんでした」

ふとビクトールに苦渋の表情が滲《にじ》み出て、リドリーは茶器をとろうとした手を止めた。昨日、リドリーが帝国法の改正について申し出たことを言っているのだろう。

「帝国法については私も以前から改正すべきと感じておりましたが……。皇帝陛下は情のない方です。今変える必要はないのではないでしょうか？　皇子殿下がいずれ皇帝になった時でもよいのではと……」

憂いを帯びた声で言われ、ビクトールがリドリーを案じているのがよく分かった。娘であるアドリアーヌでさえ顔色一つ変えずに斬りつけた男だ。皇太子に任命するとはいえ、皇子が生意気な発言をしたら斬りかねないと思っている。

「そうだな。……あの時は何故《なぜ》か言ってしまったんだよな」

ビクトールの気遣いを有り難く感じて、リドリーは呟《つぶや》いた。宝石とか金とか領地とか、何でもよかったはずなのだが、ミミルの件があったせいか、つい口にしてしまった。

「レオナルドに身を守る魔法石でも作ってもらうかな」

冗談めいてリドリーが言うと、ビクトールは「そうなさいませ」と真剣な面持ちで頷く。

「帝国法の改正は簡単にはいかないでしょう。根回しが必要です。お力になりますので、どうぞこの老いぼれを使って下さいませ」

ビクトールに力強い言葉をもらい、リドリーは礼を述べて雑談に興じた。

帝国法についてもっと調べなければならないと感じ、リドリーは明日から忙しくなると身を引き締めた。

連日、新聞記事は皇子の話題で持ちきりだった。解体され、魔塔に運ばれた竜の話や、立太子の儀が半年後に行われる話、しばらくすると悪徳領主と呼ばれていたヴォーゲル伯爵を捕らえた話が地方から届いてベルナール皇子は時の人となった。ヴォーゲル伯爵は、公爵家の子をさらった罪で爵位を取り消され、領地は没収された。さらった子どもが公爵家だったことが、罪の重さに繋がった。ヴォーゲル伯爵の抱えていた兵たちは、幼女をさらうよう命じられるのが苦痛だったそうだ。領地は竜退治の褒賞の一つとして、リドリーに与えられた。これからリドリーが管轄する土地となったのだ。

冬に差し掛かる前に竜退治で遠征した騎士や魔法士を慰労するパーティーが開かれ、その件もまた世間をにぎわせた。取材を受けた騎士たちは皇子を褒め称え、皇太子になるのが遅すぎるとさえ語った。もともと皇子の評判を上げる努力をしていたリドリーだが、ここにきて、思った以上に平民からの熱が高まり危機感を抱いていた。

（ほどほどにしないと駄目なんだよなぁ、こういうのは）

皇帝に関するよい噂がないに等しい状態で、皇子の株ばかり上がっているのだ。熱狂的になった市民の思いは、現状への不満に繋がりかねない。平民の中には皇帝は退き、皇子が皇帝になるべきという意見を口にする者も出てきたという。このままだと不敬罪で処される平民も出てきそうで心配だ。とはいえ、この世論の高まりは、リドリーにとって大きな力になる。帝国法の改正を押し通すには、世論の高まりが重要だからだ。

公務に携わり、国政会議までに味方になってくれそうな貴族連中との交流を持った。リドリーのところには多くの招待状が来ているので、その中で国政会議に参加している貴族のパーティーには手土産を持って参加した。

着々と根回しに励んでいる途中、エドワードから気になるそぶりで声をかけられた。

「皇子、余計な発言かも知れませんが、ホールトン卿と何かあったのでしょうか？　最近のホールトン卿の情緒がおかしいのですが」

その日はシュルツを休ませ、エドワードを伴ってリッチモンド伯爵の夜会に向かっていた。

馬車の中でエドワードに言いづらそうに聞かれ、リドリーもため息をこぼした。

そうなのだ。一度身体を重ねてから、シュルツは前より執着がひどくなった。やはり加護の影響だろうか。リドリーが令嬢と踊っているだけで恐ろしい表情だし、他の男と話しているだけで不機嫌そうだ。二人きりになると何か言いたげに切ない目で見つめてくるし、常に一緒にいるエドワードからすれば、何かあったのではと勘繰るのは当たり前だ。

「前からホールトン卿の皇子への思いは並々ならぬものがありましたが、この前など騎士の間で昔の皇子をからかうような発言をした者をぼこぼこにしてしまい……、他にも……」

エドワードの口から強烈なエピソードがいくつか語られ、リドリーも頬杖《ほおづえ》をついて眉根を寄せた。

「皇子が婚約などしようものなら、ホールトン卿はどうなってしまうか、考えるだけで恐ろしいです。無論、騎士道を誰よりも心得ているホールトン卿が皇子に無体な真似《まね》をするとは思っておりませんが、正直……皇子への気持ちは忠臣以上のものがありますよね？」

声を潜めて言われ、リドリーも反論できなかった。護衛騎士として一緒にいるエドワードの目をごまかすのは難しい。帝国一の美貌といわれるエドワードのことだ。自身も男から言い寄られた経験があるらしく、偏見はないと前置く。

「それに……皇子は語ってくれませんでしたが、アンティブル王国で宰相の屋敷へ急に訪れるなど、私には謎の行動もあります。忠臣として黙っているつもりでしたが、お話しいただけないでしょうか？　皇子とホールトン卿だけが分かり合っている部分について」

エドワードに前のめりで聞かれ、リドリーはだらだらと汗を流した。実は自分は隣国の宰相で、魂が入れ替わったなどと言ったらどうなるか。きっと信じるはずがない。

「皇子殿下が雷に打たれた日から突然変わってしまったことと、何か関係しているのでしょうか？」

黙っているとさらに追い打ちをかけられて、リドリーもごまかしようがなくなった。エドワードはかなりいいところまで突いている。

「……逆に聞くが、お前はどういうことだと思っているんだ？」

リドリーは腕を組んで、聞き返した。馬車の車輪が石でも踏んだのか、大きな振動が起こる。

「……私なりに仮説は立ててみましたが、納得できる考えは浮かびませんでした。牢《ろう》から救い出したことで、ホールトン卿が皇子に深い感謝の念を抱いた……としても、私の知るホールトン卿はここまで独占欲がすごい人ではなかったはずです。正直、誰かを愛するとしても、それが自分の敬愛する相手なら想《おも》いを押し殺してただ守ることに力を注ぐ……という人だと思っておりました。皇子が他の人と楽しそうにしているだけで、あのように嫉妬に苦しむ姿は見せなかったかと。言葉は悪いですが、理性を失っているようです」

淡々と指摘され、リドリーはエドワードが他人に関心を寄せないようでいて、きちんと人となりを見ているのだと理解した。魂が入れ替わったという話はできないが、エドワードにならなりをある程度の秘密を打ち明けてもいいかもしれないと感じた。

「分かった。秘密を明かそう」

リドリーはエドワードの目を見つめ、決意した。エドワードは頼れる忠臣で、今後も私的な願いをする可能性が高い。現在においては、恋に溺れているシュルツの尻をひっぱたいてほしい。

「誰にも言うな。俺は加護の力を持っている」

リドリーが切り出すと、エドワードは驚いたように身を引いた。その目が大きく開かれ、口元を手で覆う。

「何と……、素晴らしい話じゃないですか。何故、隠しておられるのです？　加護の力は国で保護されるべきものです。皇子に加護の力があったのなら、問答無用で皇太子になられていたでしょうに」

エドワードは理解できないという顔つきだ。

「雷に打たれ、加護の力があると分かったのだが、あまり公表したくない加護なのだ。詳細は省くが、俺は牢からシュルツを出すためにその加護の力を使った。シュルツが異常に俺にのめりこんでいるのはそのせいだ」

これだけで意味が通じるか不安だったが、エドワードは納得いったように頷く。

「つまり、人の心を操作できる加護なのですね」

エドワードの頭の中では、筋が通ったようだ。少し見当違いの発想をしているようだが、訂正するのも難しかったので、そんなところだと返事をした。

「シュルツが自分を見失わないように、お前が見張っていてくれないか？」

これ以上シュルツの評判が地に堕《お》ちるのは避けたくて、リドリーはあえて言った。

「分かりました。ホールトン卿が冷静さを保つよう、尽力します」

エドワードに胸を叩かれ、リドリーも少し安心した。頭に血が上ったシュルツにエドワードの言葉が届くかどうかは謎だが、止める者が多ければシュルツも理性を取り戻す時間が速まるだろう。

「アンティブル王国の宰相の屋敷へ向かったのは、加護の力が関係しているのでしょうか？」

これでごまかされてくれないだろうかと考えていたリドリーに、エドワードが突っ込みを入れてくる。

「いずれお前にも話す日が来るかもしれない」

エドワードを信頼していても、現実離れした話を受け入れるかは別問題だ。リドリーはそううそぶいて、話を終わらせた。エドワードはその後は黙って自分の考えに浸っているようだった。

リドリーたちが帰還した二週間後に、レオナルドが騎士たちと共に帝都へ戻ってきた。

「皇子、帰還したぞ。卵、見つけた！」

レオナルドは嬉々《きき》とした様子で麻で包んだ巨大な卵をリドリーの元へ運んできた。生まれての赤子くらいの大きさの卵だ。騎士たちには金子を渡してねぎらい、卵を抱えたレオナルドだけ部屋に引き入れた。

レオナルドはもったいぶるように卵を包んでいた麻布を解いた。中から、赤と緑のまだら模様の卵が出てくる。おお、とリドリーは歓声を上げた。

「まさか……あの竜は番《つがい》だったのですか。魔塔主に何かお命じになっていたのは気づいてましたが……」

シュルツとエドワードも、巨大な卵に驚いている。紅茶を運んできたスーも、初めて見る竜の卵に目をぱちくりしている。卵をテーブルに敷いた毛布の上に載せ、リドリーはよくやったとレオナルドを褒め称えた。

「やはり、あったのだな。火竜と土竜の子はどちらになるのだろう？」

リドリーはうきうきして言った。

「ああ、卵は西の山の深い奥にあった。卵自体は見つけるのはそう大変ではなかったな。行くのが大変だっただけで。何しろすごい谷底にあって」

レオナルドは西の山で起きた出来事を流暢《りゅうちょう》に語る。竜の痕跡を辿《たど》っていったので、場所はすぐ判明したそうだ。だが見つけた後、運び出すのが一苦労だったという。

「ところで……まさか、卵を孵《かえ》す気じゃないですよね？」

エドワードが興奮しているリドリーとレオナルドに冷たい声を浴びせる。

「まさか殺す気か？　もったいない！　竜の卵だぞ！」

レオナルドが猛抗議する。

「しかし、竜ですよ？　一頭倒すだけで至難の業です。それをわざわざ……」

シュルツも反対なのか、顰めっ面だ。

「まぁ聞け。竜は孵る時、最初に見たものを親と思うらしい」

リドリーは不敵に笑い、レオナルドと顔を見合わせた。

「皇子も知っていたか」

ふふふとレオナルドと一緒に薄笑いを浮かべていると、エドワードが呆れたようにうなじを掻く。

「まさか竜の親にでもなるつもりですか？　確かに竜を従えたらかなりの戦力にはなりますが……そう都合よくいくでしょうか？　そもそも、親もいないのに孵せるのですか？」

エドワードは救いを求めるようにシュルツに目線を向ける。

「私もエドワードと同じく、危険因子は先に取り除くべきと思いますが……」

シュルツとエドワードに考え直せという目つきで見られ、リドリーはこれみよがしのため息をこぼした。

「あのな、こんなお宝が目の前にあるんだぞ？　そもそも卵を殺せとか、お前らに情はないのか？　貴重な卵を殺すなんて、レオも嫌だよな？」

リドリーはレオナルドの肩に手を乗せ、味方しろと目で促した。リドリーが親しげにレオナルドに触れたせいか、シュルツの顔が険悪になる。それに気づいたエドワードがシュルツの肩をぽんぽんと叩いた。

「俺としては魔塔に持ち帰り、卵を孵すつもりだ。竜の卵は魔力を注ぐと孵るという伝承が本当かどうか確かめたい。実は見つけてから毎日魔力を注いでいるのだが、なかなか育たない。だが、成長している感じはあるし、きっともっと多くの魔力が必要なのだろう」

レオナルドはリドリーの肩に腕を回し、堂々と述べる。ますますシュルツの目が恐ろしくなったが、レオナルドは気にしていないようだ。

「それはいい。皇宮に置いておくと、皇帝に目をつけられるかもしれないからな。このまま隠して持ち帰ってくれ。俺も時々行って、魔力を注ごうじゃないか」

竜が意のままに操れるようになったら、皇帝への対策として有効だ。本当は自分の手で孵したいところだが、自分の姿を見て親だと思い込んだ場合、元の姿に戻った時点でベルナールの戦力になってしまうし、竜の卵を孵そうとしていると皇帝に知られたら、確実に献上しろと言われるだろう。もともと竜退治における魔塔への報酬契約書には、竜の死骸とそれに付随するものという一文があった。皇帝に気づかれる前に、卵も魔塔に送るべきだ。

「快く応じてくれて感謝する。ではお披露目も終わったので、魔塔へ帰ろうかな」

レオナルドは卵に、杖で保護魔法をかけた。

「せっかくだから皇子も魔力を注いでおくか？　注いだ魔力によって卵の性格が変わるという伝承がある」

思いついたようにレオナルドに言われ、リドリーはそうだなと卵に手を当てた。自分の火魔法の魔力を、卵に注ぐ。

「ん？」

魔力を注ぎ始めて、リドリーは顔を歪めた。軽く注ぐつもりだったのに、すごい勢いで魔力が吸い取られていく感じがあったのだ。ひからびたスポンジが水を吸収するように、ぐいぐい魔力が吸われていく。

「ちょ……っ、ま、まずい、誰か俺を卵から引き離してくれ！」

卵から手を離そうとしたが、吸着力がすごくて手がくっついてしまった。そうこうしているうちにどんどん魔力を吸われ、リドリーは見守っている皆に悲鳴を上げた。シュルツとエドワードがぎょっとして、リドリーを卵から引き離そうと引っ張り始める。慌てたようにレオナルドも卵を反対へ引っ張るが、リドリーの手は怖いくらい卵の殻に吸いついて、離れない！

「やばい、卵にヒビが入った！」

レオナルドがハッとして叫ぶ。見ると、卵の上部に亀裂が入り、それはまたたくうちにぎざぎざの形で放射状に広がった。その頃にはリドリーの魔力はかなり吸い取られていて、立っていられないほどだった。

「ううう……っ、眩暈《めまい》がする……っ」

頭がくらくらして、目がチカチカして、足元がおぼつかない。完全に魔力切れの状態だ。魔力を使いすぎると前後不覚になり、よくて失神、悪くて何日か廃人状態になる。

「皇子！」

シュルツとエドワードが必死になって引きはがそうとする。その時だ、亀裂から光が発し、一気に殻が割れた。同時にぬるっとしたものが飛び出してきて、リドリーの顔にべちゃっと張りついてきた。

『キエエエエ！』

耳をつんざくような声を上げ、三十センチほどの大きさの子竜が生まれた。リドリーは顔を覆われ息ができず、失神寸前だった。子竜はリドリーの顔をじっと見つめ、粘膜がべたついた身体で羽根をばたつかせてくる。

「う、生まれてしまった……、あっ、そうか、皇子は火魔法の属性だからか！」

殻だけになった残骸を手から落とし、レオナルドは頭を掻きむしっている。

「火竜の子どもだから、皇子の魔力を欲していたんだな……っ、うーっ、俺が親になりたかったのに！」

レオナルドは悔しそうに地団太を踏んでいる。リドリーは床に倒れ、白目を剝いていた。魔力を全部吸い取られ、声さえ出ない状態だ。

「皇子！　しっかり！　今医師を呼んできますから！」

シュルツとエドワードが頭の上で叫んでいるのが分かった。倒れたリドリーの身体の上で、濡れた羽根を動かし、子竜がべったりくっついてくる。やがて声が遠ざかり、リドリーは完全に意識を失った。


子竜はリドリーを親と決めたようだった。

二日後に意識を取り戻したリドリーは枕元にいた子竜に悲鳴を上げかけた。医師から魔力不足で倒れたことと、子竜を引き離そうとしたら嚙みつかれて惨事になったと聞かされ、倒れる前の状況を思い出した。

「己の優秀さが怖い……っ。子竜が仲間になるとは」

リドリーはフラフラの身体で起き上がり、魔塔から送られてきたという魔力を回復する薬液を飲んだ。子竜は羽根を閉じれば肩に乗る程度の大きさで、全身赤く、牙もすでに鋭かった。リドリーの指示にはよく従うので、周囲の人間も少し安心したようだ。そして不思議なことに、子竜は臭気を発していなかった。臭気を出すのは大人だけなのだろうか？　もし臭気を発していたらとても傍に置けなかったので助かった。

「皇子は竜の子どもを持ち帰った！」

子竜の件は、皇宮のみならず、国中に広まった。竜退治ののちに卵を持ち帰った皇子に、竜が従ったという絵本が生まれたり、吟遊詩人が皇子の冒険譚《たん》という曲を流行《はや》らしたりと話題は尽きなかった。中には竜皇子と呼ぶものまでいて、リドリーもやり過ぎた感が否めなかった。

急遽《きゅうきょ》竜についてくわしい研究者が皇宮に召集された。前回火竜を退治した時に記録を取った者や、デトロン国から竜を研究しているという学者がリドリーの元へやってきた。

「竜は果実や野菜が好きなようですよ。雑食ですので、何でも食べます。成長したい時や、精をつけたい時は生肉がいいですね」

デトロン国から来た学者は、リドリーの肩から離れないという子竜をしげしげと眺め、感激した様子で述べた。デトロン国にも時折竜は現れるが、こうして子竜を観察するのは二度目らしい。親を殺したリドリーに懐くのは哀れこの上ないと思ったが、子竜にとって自分が親になったので、その辺は気にしなくていいと学者に言われた。

子竜は全身赤く、明らかに火竜であることが分かっている。リドリーを慕って、常に肩か頭に乗っている。

「臭気は、気に入らない相手や怒った時に吐き出すようです」

肝心の臭気に関しては、学者が教えてくれた。リドリーを慕っている子竜が臭気を出すことはないだろうという。

「竜はかしこい生き物ですから言葉を理解するそうです。人を襲わないよう教え込むことはできるかと」

学者の意見を聞き、子竜を皇子から引き離さないということに決まった。危険だから引き離して殺すべきという意見は多かったが、リドリーは自分に懐いている生き物だからと応じなかった。これでようやくうるさい意見を述べる貴族連中から解放される。

皇宮の離れには竜専用の遊び場が作られ、リドリーはたまにそこへ行って子竜の遊びにつきあった。子竜はまだ飛ぶのもおぼつかなく、口から火も噴けない。今はまだただの大きな赤蜥《と》蜴《か》《げ》だ。

（こいつ、皇帝を嚙み殺してくれないかな）

物騒なことを考えつつ、子竜の成長を見守ることにした。離れの遊び場から皇宮へ戻る道すがら、リドリーは騎士団の訓練に顔を出した。訓練場では、騎士たちがランニングをしたり、素振りや突きの動作を繰り返したりと励んでいる。アルタイル公爵はいなかったが、副団長が指導に当たっている。

「皇子殿下、何かありましたでしょうか」

渡り廊下にリドリーの姿を確認すると、副団長が走ってやってくる。

「いや、少し見に来ただけだ。俺に気にせず、訓練を続けてくれ」

鷹揚《おうよう》に手を振り、副団長を訓練場に戻した。何げなく騎士たちの動きを見ていたリドリーは、ふいにぞくりとする感覚をうなじに受けて振り返った。同時に肩にいた子竜も、警戒するように身を固くする。子どもながら、魔獣なので、危険なものに対する感度が高い。執拗にこちらを窺《うかが》う視線を感じ、騎士たちに目を配る。

帝国には第四騎士団まであるのだが、数が多いため、訓練場は持ち回りで使っている。第一騎士団には貴族が多く、第四騎士団になると平民が多い。所属する数字で身分の差が大体分かるようになっているのだが、今日は第四騎士団が使っていた。その中に、リドリーにとって会いたくない面がいた。

「おい、あの男を知っているか？」

リドリーは傍にいたシュルツとエドワードに、奥のほうで剣を振っている男を指さして聞いた。屈強な身体つきの男が軽々と剣を振り回している。

「見ない顔ですね。新人だと思います。聞いてきましょう」

以前騎士団長を務めていたシュルツも知らないらしく、すぐさま副団長の元へ聞きに行った。

ややあって戻ってきた時には、浮かない顔つきをしている。

「最近騎士団に入ったマイクという平民らしいです。かなり腕が立つようで、騎士試験をぶっちぎりで突破したとか。見習い騎士扱いにするには強すぎるようで、第四騎士団に入れたようです」

シュルツの情報にリドリーは腕を組み、口をへの字に曲げた。ふっと剣を振っていたマイクがこちらを振り返り、大きく目を見開いたかと思うと、にやっと笑う。確実に自分を見て笑みを浮かべたのが分かり、リドリーはゾッとした。

「……部屋に戻る」

リドリーは絡みつくような視線を振り払い、訓練場を後にした。

部屋に戻ると、侍女のクリスティーヌが待っていて「ニックス様がお会いしたいそうです」と伝えてくる。ニックスとは竜退治で別れて以来だ。アンティブル王国へ行ってもらうよう頼んでいたが、戻ってきたのだろう。部屋に呼ぶよう命じ、リドリーはシュルツとエドワードを下がらせた。

「帝国の若き太陽に……」

部屋に入ってきたニックスが、わざとらしく挨拶の口上を述べようとする。

「おい！　何であいつが騎士団に入ってる⁉」

リドリーはカリカリして声を荒らげた。ニックスは唇の端を吊《つ》り上げたまま、ドアを閉め、部屋の中央に進んできた。ニックスは子竜に目を丸くし、少し距離をとってきた。部屋に二人きりになり、リドリーは髪を掻きむしった。

「何がマイクだよ！　死刑囚マッドじゃないか！　騎士団にあいつがいたぞ！」

第四騎士団にいたのは、まぎれもなく死刑囚のマッドだった。アンティブル王国でも大佐まで上りつめた男だ。騎士団試験など容易に突破できるだろう。リドリーの加護で奴隷になったうち二名が捕まえられなかったと言っていたが、何でわざわざ帝国の騎士団に入っているのか──自分の正体を誰かに教えられたとしか思えない。

「お前、ばらしただろ！」

リドリーが目を三角にして怒鳴ると、ニックスが肩をすくめる。

「そうお怒りにならないで。ベルナール皇子を殺しかけたし、苦肉の策だったんですよ。マッドクラスだとこちらも捕まえようがありません。力じゃ到底敵いませんし、魔法も使えるし、相打ち覚悟で挑まないと。それより、主が帝国にいると話したほうが言うことを聞くでしょう？　あ、ちなみにベルナール皇子は無事です。ちょっと斬られて、また地下にこもりきりになってしまいましたけど」

やれやれと呟きつつニックスに教えられ、背筋を寒気が伝った。マッドなら、一瞬のうちにベルナール皇子を殺害できるだろう。くわしく話を聞くと、リドリーの屋敷にマッドがいつの間にか入り込み、ベルナール皇子を偽物とひと目で見抜き、殺害しかけたそうだ。たまたまニックスがいた時だったので、マッドに事情を明かしたらしい。本物は帝国にいると告げると、マッドは「では帝国へ行こう」と即決したそうだ。

「……うう」

リドリーは長椅子に腰を下ろし、頭を抱えた。確かにその状況では、ばらしたことは咎《とが》められない。

「言っておきますが、あなたの正体は言っておりません。帝国の騎士団に入れば、必ず会えると言っただけで」

ニックスはリドリーの向かいの席に座り、ニヤニヤする。

「その調子だと、マッドはすぐにあなたが分かったようですね。やはり加護の術をかけられると、自分の真の主が誰だか分かるようですねぇ」

訓練中に向けられた視線は、馴染みのあるものだった。マイク――マッドは確実に目が合った瞬間、自分を主と認識した。

「まぁそういうわけで、一人手駒が増えたと思って下さい。あとアンティブル王国へ行き、屋敷の様子を見たのと認可が必要な仕事だけしてきました」

ニックスは留守にしている屋敷の様子を話してくる。幸いベルナール皇子はかすり傷程度で、医師にかかるほどではないそうだ。だが精神が軟弱なベルナール皇子は、殺意を向けられただけで怯えてしまった。やらせていた仕事も投げ出して、ベッドから出てこない。

「働かせようと思ったのに、また地下室に引きこもってるのか？　それはそうと、少しは痩せたんだろうな？」

　繊細過ぎるベルナール皇子に呆れ、気になっていた質問をした。体重を減らすよう口うるさく言い聞かせたが、きちんと実行しているのだろうか？

「……ベルナール皇子は、ガラスの心臓の持ち主のようで」

　ニックスは目を逸らし、はぐらかす。

「痩せたんだよな⁉」

　リドリーが苛立《いらだ》って聞くと、ニックスが黙り込む。

「まさか、さらに太ったのか⁉」

　青ざめてリドリーが身震いすると、仕方なさそうにニックスが目を伏せる。

「どうも嫌なことがあると過食に走る傾向があるようですねぇ。私もつきっきりというわけにはまいりませんし、残った使用人も強く食べ物を要求されると断れないようで」

　がっくりとリドリーは肩を落とした。痩せるどころか、前より太ったと言われ絶望しかない。元の身体に戻ったら、強制ダイエットをしなければならない。

「詐欺師のジャクリーンは今のところ見つかっておりません。まぁ、そんなところです」

　ニックスの報告は有り難かったが、結局重荷が増えただけだ。マッドの件は厄介だが、力だけでいったら使いどころはある。

（そうだ。それにあいつは帝国民じゃないから、皇帝の加護の術が効かないかも）

気を取り直して、リドリーはニックスに必要な金子を渡した。両国間を何度も行き来させていてニックスには重労働だろう。

「ところで、ずいぶん皇子熱が高まってますね。その子竜、ずいぶんあなたに懐いているようですが」

ニックスはアンティブル王国へ行っていたのもあって、帝国に戻ったらすごい騒ぎになっていて驚いたという。ニックスと子竜の目が合ったが、子竜はニックスに対して警戒する様子は見せず欠伸《あくび》をしている。

「ああ。西の山にレオを行かせて卵を見つけた。火竜だったようで、俺の魔力を吸い取って卵から孵ったんだ。今のところ可愛《かわい》い蜥蜴だよ」

リドリーは子竜の頭を撫でて言う。生まれた当初はつるつるした感触だったのに、だんだんざらりとした感触になってきた。皮膚が固くなってきているのだろう。

「何とまぁ……。英雄譚が語られるのが分かる気がします」

ニックスは巷《ちまた》で話題になっている唄《うた》を皮肉っている。

「魂が入れ替わったら、ベルナール皇子は面食らいますね。食っちゃ寝してたのに、竜を退治し、子竜を従える物語の主人公になっているんですから」

からかうように言われ、確かに元の身体に戻った場合の対策も考えねばならないと思った。ベルナール皇子の株を上げすぎて、首が回らなくなったらまずい。

「ところで、帝国法を変えようと思う。世論を動かしたいのだが、協力してくれるか?」

リドリーは声を潜めて、今後の活動を語った。ニックスの養父はリッチモンド伯爵といい、政財界では力のある貴族だ。いずれ会って話をしておきたいと告げておいた。

「上手《うま》くいくよう願ってます」

ニックスはそう言って、部屋を出て行った。

◆7　帝国法の改正

帝国法は長きに亘《わた》り続いてきた悪習だ。さまざまな法があるが、基本的に貴族の地位を確立するため、平民にとってはかなり厳しい規定になっている。

なかでも貴族が平民を殺害した場合の法は、貴族に有利で平民にとっては泣き寝入りするしかない不公平極まりないものだ。貴族は過失によって平民を殺害した場合、罰金刑にしかならない。意図的に殺害した場合でも、執行猶予がつく。大人数を意図的に殺した場合のみ、貴族も投獄されるが、大体の場合その証拠は握りつぶされるのが落ちだ。同じように平民をいくら傷つけても、攫《さら》っていっても、金を払うことで罪を免れられる。

逆に平民は貴族に怪我《けが》を負わせただけで投獄される。貴族を殺そうものなら、即処刑。平民はただじっと我慢するしかないのが悪しき帝国法だ。

本音を言えば貴族も平民も平等に罰したいところだが、そんな改正案が通るわけがないことくらいリドリーも承知している。そこで持ち出したのが、前皇帝の遺産だ。

「これは前皇帝陛下が改正しようとしていた法案の草案です」

宰相のビクトールが持ってきたのは、書庫に隠されていた古い覚え書きだった。前皇帝の草案によると、貴族が過失によって平民を殺害した場合、一段階高い処罰を与えることになっている。罰金額も数倍上がるし、執行猶予付きの刑罰が処せられる。意図的に殺害した場合、殺した人数や内容いかんによっては爵位の取り消し、投獄もありえる。

前皇帝もいきなり重い刑にするより段階を踏んだほうがいいと判断したのだろう。草案を見る限り、かなり練り込まれていて、殺されなければ法案は通ったのではないかと思えた。

「修正の必要がないくらいじゃないか。これでいこう。ただし――前皇帝のものだとつまびらかにすると、陛下の怒りを買う可能性が高いな」

執務室で草案を確認して、リドリーは考え込んだ。向かい合って座ったビクトールも深く頷《うなず》く。

「十六歳以下の子ども、と足しておくのはどうだ？　いきなりすべての平民を守るような法案は貴族には受け入れがたいだろう。はかなき子どもに対する処罰を重くする法案なら、受け入れやすいかもしれない。もともと子どものために帝国法を変えたいと思っていたし」

リドリーは草案に文章をつけ足してビクトールの考えを穿《うが》った。

「それはよいですね」

ビクトールも実現可能とリドリーの考えを受け入れた。

帝国法を変えるには、国政会議に参加している貴族三十名のうち三分の二の賛成票が必要だ。

名だたる領主と管理職にある者、そして皇族——法案の可決には、多くの貴族の支持がいる。領主の中には平民を家畜と思っている者も多く、意思を変えさせるには多大な努力が必要だ。

「次の国政会議は二カ月後ですね。皇太子になられてから法案を出すほうが良いかと思われますが」

ビクトールの言い分はもっともで、リドリーも迷ったが、気運というものがある。年に二回しかない国政会議だ。次を逃せば、半年先になってしまう。

「今、皇子《おうじ》の名前は平民にとって希望となっている。世論の力を利用するなら、次の国政会議で出すほうがいいだろう」

リドリーがそう言うと、ビクトールも納得してくれた。特に平民の間では、ヴォーゲル伯爵の手から子どもたちを助けた話が浸透している。多くの子を持つ親にとって、ベルナール皇子は信頼できる貴族だと希望を抱かせているのだ。

「おっしゃる通りです。年寄りになると保守的になっていかんですな。その方向で動きましょう」

ビクトールが日程を調整し、リドリーが国政会議に出席する貴族と接見できるよう取り計らってくれた。これから忙しくなる。何の見返りもなく願いを聞いてくれそうなアルタイル公爵やヘンドリッジ辺境伯はいいとして、金子や宝石、他の願いを申し出てくる貴族を懐柔しなければならない。

「皇宮に来られないという領主には、俺のほうから伺おう」

リドリーの真摯な態度にビクトールは感動した様子で何度も頷いた。

ビクトールとの話が終わると、リドリーは近衛《このえ》兵を率いて街に出た。さすがに子竜は連れてこられなかったので、スーに託して留守番させている。皇家の馬車でまずは新聞社に向かい、皇子が帝国法の改正を考えているという記事を出すよう話を向けた。皇子の話題を出せば飛ぶように売れるという現在の状況があったので、新聞社は喜んで記事をまとめてくれた。

次に以前世話になった市民議会のある市議会所へ行き、議長のモリス・バートンを訪ねた。出迎えてくれたモリスは四十代前半くらいのがっちりした身体《からだ》つきの男だ。三つ揃《ぞろ》いのスーツ姿で、蝶《ちょう》ネクタイをしている。二階にある応接室に通されたが、向かい合ったソファが二つと、木製のテーブルが置かれているだけの相変わらず簡素な部屋だ。部屋にはシュルツとエドワード、近衛兵のシャドールが入り、ドアの前で控えている。

「おお、皇子殿下！　ようこそおいで下さいました！　あなたの名前を聞かない日はないくらいですよ。無事、竜退治を終えられたこと、お喜び申し上げます。私は必ずやあなたが竜を仕留めてくると思っておりましたよ！　結果は想像以上でしたね」

モリスは皇子に傾倒した様子で来訪を喜び、竜退治の話を聞きたがった。

「モリス、今日来たのは旅の話を聞かせるためではない」

ひとしきり話に沸いたところで、リドリーは本題に入った。

「実は帝国法の改正を考えている」

　応接室に緊張が走り、モリスは背筋を伸ばした。

「私のところにも噂《うわさ》が届いております。竜退治の褒賞に帝国法の改正を願ったとか」

　モリスはそう言うなり、目に涙を浮かべた。

「皇子殿下……。帝国法の改正は、我々平民にとっては悲願でございます。この状況を変えるのはあと百年は必要かと思っておりました」

　膝に置いた手を震わせ、モリスに熱く語られ、リドリーは戸惑った。魂が入れ替わる前も貴族の身分であるリドリーに、真に平民のつらさなど分かるわけがない。リドリーは理不尽さを緩和するために帝国法を変えようと考えた。不平等を放置しておくと反乱が起きるのは歴史が証明している。だがこうして平民であるモリスの熱い想《おも》いを知らされると、身が引き締まる思いだ。

「帝国法の改正は並大抵のことではできない。皇子である俺でも、貴族たちの優遇を取り除くのは不可能だ」

　リドリーはモリスに期待させるのが嫌で、厳しい発言をした。

「だが、世論の動きを高め、貴族たちに譲歩させるのは不可能ではないと思っている。ついてはお前の協力が必要だ」

　リドリーは身を乗り出してモリスを見つめた。モリスもきりりとした顔つきでリドリーの話を聞く。

「これは極秘文書だ。一読したら戻せ」

シュルツに向けてリドリーが手を差し出すと、シュルツが懐から隠し持っていた紙を取り出して手渡してくる。帝国法の改正案の草案だ。リドリーからそれを受け取ると、モリスは一読して汗を掻《か》きつつ戻してきた。

「なるほど……。これなら改正が可能ではないかと思えてきました」

モリスの目に光が宿り、拳に力が込められる。

「私は何をすればよいでしょうか」

何でも言ってくれと全身で訴えられ、リドリーも表情を弛《ゆる》めた。

「貴族が平民を傷つけても問題にならない帝国法は不当ではないかという考えを広めてもらいたい。国交を回復したアンティブル王国の法は、貴族と平民の処遇の差があまりないという事実を流せ。決して貴族に対する反乱を匂わせてはならない。あくまで子どもが可哀想《かわいそう》という論調で進めろ」

声を潜めてリドリーは言った。

貴族に対して逆らうような行為は反乱罪に問われる。そうならないためにも、同情というフィルターで覆うのが重要だ。

「俺がヴォーゲル伯爵の手から子どもたちを救った話があるだろう？　それを広げて、たかが金五枚でさらわれる子どもが可哀想だと、多くの平民が考えるようにしてもらいたい。そしてベルナール皇子が子どもたちの立場を守る法案に乗り出していると触れ回ってほしいのだ」

「なるほど。それは簡単なことでございます。今でも、貴族の子どもへの仕打ちに不満を抱く平民は多いのですから。馬車で子どもを轢《ひ》いても、そのまま立ち去る貴族もおります。少し火をつければ、簡単に広がるでしょう」

モリスがすっと手を差し出し、リドリーもその手を強く握った。

「これまで市民議会から、何度も貴族の優遇措置を外すような法案を提出しました。ですが、それらはすべて潰されてきた……帝国法の改正は、一生無理かと思っておりました」

モリスの目にまた涙が盛り上がってくる。

「皇子殿下は神に遣わされた我らの希望です」

涙ながらに語られ、リドリーは胸が熱くなる一方、敵国だった身を振り返り複雑な気持ちになった。帝国法を変えようと思ったのは自分だが、よく考えたら間違った道かも知れないと思ったのだ。もし元の身体に戻れたら、帝国法の改正などする必要がない。むしろ平民にとって不利な法があれば、憤りや不満を抱えた平民が反乱してくれるかもしれないのだから。

(俺はずいぶん帝国よりになっているな)

帝国に居続けて一年半近くが経《た》っている。最初は身分を確立するために行っていた是正だが、今はまるで帝国民にでもなったみたいによりよい場所を作ろうと奔走している。

（何で俺はあの時、褒美に帝国法の改正を望んだのだろうか……？）

自分でも理屈に合わない感情が増えているのを感じ、リドリーは戸惑った。

市議会所を出て、リドリーは再び馬車に乗り込んだ。同乗したシャドールが、馬車が動き出すと堪えきれなくなったように口を開いた。

「皇子、何故《なぜ》、貴族の最高峰である皇子が帝国法の改正などという自分に利益がないことにこんなに一生懸命になるんです？」

シャドールはいつも陽気な男で、軽口ばかり叩《たた》いている。だがこの時は珍しく真面目な口調で尋ねてきた。

「シャドール」

エドワードが咎《とが》めるように隣に座るシャドールを窘《たしな》める。目上の存在に対して疑問をぶつけることを不敬と感じたのだろう。リドリーは軽く手を上げた。

「いい。帝国法は国の基盤となるものだ。これに対する不満が市井《しせい》から多く上がったら、国が成り立たなくなるだろう。大昔はよくても、時代と共に法は変化すべきだ。貴族であるお前も帝国法には思うところがあるのじゃないか？」

リドリーはシャドールの表情を窺《うかが》いつつ尋ねた。シャドールの顔が曇り、その通りだというように目を伏せる。見目がよく、女好きで社交的なシャドールだが、根は正義感にあふれているのをリドリーは知っている。平民が多い街中にもよく出かけて交流を図っているし、これまでも貴族の横暴さに忸怩《じくじ》たる思いを抱えていたようだ。

「皇子……」

シャドールは複雑そうに頭を掻いた。

「――俺はあなたを信じていいんですかね？」

ふとシャドールの瞳がまっすぐにリドリーを見つめてきて、内心動揺した。シャドールは昔のぐうたらでわがままでポンコツな皇子を覚えている。人が変わったようになった自分に本気で忠誠心を持つべきか迷っているのだろう。シャドールは最初からリドリーに対して反発心は見せていなかった。その分、親しくなった今でも心から信頼しているようには見えない。こういう心にもないことが平気で言えるタイプの男は、誰かを真に信じるのは難しい。

「もっともらしいことを言ったが、帝国法の改正は、口が滑っただけだ」

リドリーはシャドールの真剣な眼差《まなざ》しを軽く手であしらい、苦笑した。

「え？」

シャドールだけでなく、シュルツとエドワードもきょとんとする。

「陛下に褒美を聞かれて、つい口が滑った。だが皇子である俺が口が滑ったなどと訂正できるわけがないだろ。今はしょうがないから、褒美が現実のものとなるよう駆けずり回ってるだけだ」

わざと冗談めかしてリドリーは答えた。つられるようにシャドールたちが笑い、雰囲気が柔らかくなる。シャドールやエドワードのように自分の事情を知らない者には、これ以上自分を信じてほしくなかった。元の身体に戻った時、彼らは以前の皇子に戻ったと絶望するかもしれない。帝国のことなど知らないと言いたいところだが、これほどまでに関わった彼らを苦しめるのは本意ではない。

「そういえば孤児院のほうはどうなっている？　進捗《しんちょく》具合が見たい」

ふと思い出してリドリーは問いかけた。すぐにシャドールが御者に「西地区へ」と行き先を告げる。西地区にある孤児院は、バーモント伯爵の陰謀で火事に見舞われた。その後、バーモント伯爵が土地を手放したので、皇家のものとなったのだ。リドリーはそこに孤児院を建築させた。西地区に住む者を率先して雇い、火事で焼け出された孤児たちにも雑用を手伝わせている。

三十分ほどして馬車は西地区にある焼け跡についた。馬車から降りると、建築途中の孤児院が眼前に広がる。建物はかなり出来上がっていて、リドリーがシュルツたちと見学に行くと、作業中の男たちが手を止めてリドリーの前に跪《ひざまず》いてきた。完成まであと一カ月くらいだと聞かされる。外観はほとんど出来ていて、あとは内装を整えるだけらしい。図面は見ていたが、簡素ながら白亜の綺麗《きれい》な建物だ。礼拝堂と孤児院が渡り廊下で繋《つな》がっている。

「仕事を続けてくれ。こちらは気にするな」

リドリーは跪いた作業員たちを仕事場に戻らせた。リドリーが来たと知り、わらわらと孤児たちが集まってくる。

「皇子様ぁ、来てくれたのぉ！　竜退治の話を聞かせてぇ」

「皇子様！　竜をどうやって倒したの⁉」

孤児たちには何度か会いに来たので、すっかり顔見知りになっている。小さな子たちにまとわりつかれ、リドリーは苦笑して彼らの頭を撫《な》でた。

「自分で自分の活躍を語るのはかっこ悪いだろ」

恐れもなく寄ってくる子どもたちは、リドリーにとって気楽な相手だ。遅れて修道女がやってきて、リドリーに頭を下げる。

「皇子殿下、遠征ご苦労様でした。皇子殿下の活躍はこの辺りでも評判です。私も卑小な身ながら毎日神にお祈りしておりました」

年老いた修道女は手を組み、目に涙を溜《た》める。

「それから大神官様に教会の話をしていただき、本当にありがとうございます。先日、大神官様からアヴェンディス神を模した木像を賜りました。これで毎日神に祈れます」

感激したように修道女に感謝され、リドリーはほうと頷いた。竜退治から戻った後、大神官からぜひ神殿に来てくれと熱烈なアプローチがあった。面倒くさかったので、手紙でそのうち行くと告げ、ついでに西地区にある焼けた孤児院の話をしておいた。孤児院が焼け、併設していた教会のご神体も焼けてしまったという話だ。孤児院は立て直すよう命じたものの、ご神体に関しては管轄外なので大神官に丸投げした。

「大神官はちゃんと仕事をしたようだな」

リドリーは手紙に西地区の孤児院が焼けたという話はしたが、だから何かをしろと書いたわけではない。大神官が気を回してご神体を寄付してくれたのだろう。最初は金に目がない強欲な神官と思っていたが、意外に使える奴《やつ》かもしれない。

「はい。大神官においでいただき、現状を哀れに思って恵みを与えてもらいました。これもすべて皇子殿下のおかげです」

修道女に延々と礼を言われ、リドリーは話半分に聞き流し、シュルツに金子を出すよう指示した。出かける際は何があるか分からないので、ある程度の金子をシュルツに持たせている。

リドリーは金貨を取り出し、修道女に手渡した。

「これで作業員と子どもたちに甘いものを買ってこい」

リドリーがにこやかに言うと、修道女が目を輝かせ、すぐに買い物に出て行く。一人では大変だろうと思い、エドワードをつき添わせた。

修道女とエドワードが街の中へまぎれると、リドリーは子どもたちを手招いて建設中の建物の陰に集めた。シュルツとシャドールが興味深げにこちらを見ている。

「お前たち、俺のために少し仕事をしてくれないか?」

リドリーは身を屈《かが》め、子どもたちの目を見つめて囁《ささや》いた。

「やる！」

「僕も！」

「あたしもやるぅ」

まだ仕事内容を言ってないのに、子どもたちは率先して手を上げる。何の疑問も持たずにこちらを信じる子どもを憐《あわ》れに思いつつ、リドリーは目を細めた。

「町の大人たちの噂話を聞いてきてほしいんだ。特に皇帝陛下と皇子に関する話を」

声を潜めてリドリーが言うと、子どもたちは必死になって近づき耳を欹《そばだ》てる。

「実は俺は、皇帝陛下から虐《いじ》められていてね……」

リドリーは両手で顔を覆い、苦しそうな声を上げた。子どもたちは「いじめられているの？」「かわいそう」とリドリーに同情してくる。

「皇帝には逆らえないから我慢するしかない。お前たちも決して皇帝陛下の悪口を言ってはいけないよ。捕まって悪い奴らに食われてしまうからね。俺もいつか皇帝陛下が優しくなるのを信じて耐えているんだ……」

悲愴《ひそう》な声音でリドリーが言うと、子どもたちは自分の身に置き換えたのか悲しそうに黙り込んだ。

「街の人たちは皇帝や俺のことをどう思っているのだろう？　俺が聞いたら口をつぐんでしまうだろうから、お前たちがそっと聞いてきておくれ。これは仕事だから、出来た子には銅貨一枚あげよう」

リドリーは子どもたちの肩を抱き、優しげに語った。子どもたちは銅貨一枚と聞き、目を輝かせる。

「次に来る時までに頼んだよ」

リドリーは立ち上がり、子どもたちの頭を撫でた。皆、がんばると意気込んでいる。子どもたちと戯れていると、修道女とエドワードが戻ってきたので、帰ることにした。甘い揚げパンをたくさん買い込んできたのか、エドワードは作業員に手渡した後も甘い香りがした。

子どもたちに見送られ馬車に乗り込むと、シュルツが「皇子」と不安そうに語りかけてくる。

「先ほどのは……」

シュルツはリドリーが子どもたちにやらせた仕事に疑問を抱いている。エドワードは何かあったのかとこちらを窺っている。

「策士ですね」

シャドールはぼそりと呟《つぶや》いた。

「街の噂話を聞く仕事を孤児に与えるなんて……。確かにあの年頃の子なら、大人たちの噂話をひそかに拾えるかも。でもあの言い方じゃ、子どもたちは陛下が皇子を虐めていると思い込んで逆に噂を流すんじゃ……」

不審そうにシャドールに言われ、リドリーはくすりと笑った。その笑みで、シャドールがハッとする。

「もしかしてわざと……?　皇子、怖っ。皇太子になられるのに、そんな噂広がって大丈夫ですか?」

シャドールが身震いし、エドワードはシュルツから話を聞き、呆《あき》れたように顔を顰《しか》めた。

「噂じゃなくて事実だろ。陛下に嫌われているのは今に始まったことではない。皇宮では有名な話だが、市井の者はあまり知らないだろうから、教えてやらなくてはな」

リドリーはにこりとして答えた。これには三人とも沈黙で返すしかなかったようだ。

「始まりは少しの火種でいい。たかが噂だ。求める者がいなければ火は沈下するだろう。それに意味もなく孤児たちに金を渡す気はない。仕事の報酬といえば、子どもたちは労働による対価が得られ、社会の仕組みが分かる。施しというのはな、人から思考と尊厳を奪うから俺はあまり好きではないのだ」

リドリーは揺れる馬車の中、窓から街を眺めて言った。

「……そんなことをなさって、皇子、あなたは皇帝陛下を……」

シュルツが耐えかねたように口を開いた。その先は言えなかったようだが、エドワードとシャドールの空気もぴりっと硬くなった。皇帝の側近が聞いていたら、不敬罪で処刑されるような話だ。言葉には気をつけなければならない。

「俺は尊敬できる人にしか忠誠は誓えないんだよ」

リドリーは窓に目を向けたまま、ぽつりと答えた。その意味を理解したのか、帰りの馬車の中では誰も口を利かなかった。


帝国法の改正に関する根回しは着々と進んでいた。票を持つ貴族と会い、改正への協力を求めるが、中には難色を示す貴族もいた。そういう場合は、リドリーの奴隷が役に立つ。

「鷹《たか》、この貴族たちの弱みが知りたい。調べてきてくれ」

真夜中、部屋に呼びつけた『鷹』と呼ばれる奴隷の一人にリドリーは命じた。『鷹』は暗殺ギルドの手練《てだ》れの男で、最初はリドリーを暗殺しかけた。加護の術でリドリーの奴隷の一人に加え、用がある時はバルコニーに白いリボンを結ぶようにして仕事を命じていた。

その夜遅くにバルコニーに忍び込んできた『鷹』は、身軽な様子でリドリーの前に跪き、息を荒らげてくる。一応安全面を考慮して横にシュルツを立たせているが、加護の術で奴隷となった者は、リドリーの命令に逆らえない。

「ひひ……、主《あるじ》ぃ、探ってくるから足舐《な》めさせてぇ……」

加護の術で奴隷にすると、たいていの者は変態じみてくる。『鷹』もその一人で、リドリーに足蹴にされるのを好んでいた。目元以外は全身黒ずくめの不気味な男だ。バルコニーに入ってきた『鷹』の前に靴を脱いだ左足を差し出すと、喜んで床にへばりついてリドリーの足を舐めてくる。

「皇子……」

横にいたシュルツが気色ばんで剣に手をかける。リドリーの素足をべろべろ舐めている『鷹』に殺意を抱いているようだ。

「足くらい我慢しろ」

リドリーがため息混じりに言うと、憎悪の念がこもった目つきで『鷹』を睨《にら》みつけている。

「はぁはぁ……主ぃ」

人の足を舐めながら自慰を始めようとしたので、リドリーは強引に足を抜き取った。すかさずシュルツが唾液で濡《ぬ》れた足をハンカチで清めてくる。

「これは必要経費だ。頼んだぞ」

靴を履き直し、リドリーは金の入った麻袋と、貴族の名前や情報が書かれた紙を『鷹』に手渡した。『鷹』は未練がましくリドリーに手を伸ばしたが、「行け」と命じると素直にバルコニーの手すりに飛び乗った。

「上手《うま》く探ったら主褒めてぇ」

『鷹』はぐふふと笑いながら夜の闇に紛れて消えた。毎回皇宮の騎士や近衛兵の監視をかいくぐってよく来ると思う。

「シュルツも帰れ」

リドリーは部屋に戻ると、シュルツを部屋から追い出そうとした。シュルツは護衛騎士として四六時中リドリーにつき添っている。交代で休ませている時も訓練所で訓練に励んでいるし、皇宮の近衛騎士宿所に泊まって侯爵家には帰っていないようだ。家門のほうはどうなっているのか心配だ。

「皇子……」

命じたので身体は勝手にドアに向かっているが、シュルツはまだいたいという目で呟いてきた。一度身体を重ねてからシュルツとは少し距離を置いている。シュルツのことは好きだが、道ならぬ関係に陥る気はなかった。そもそも加護の術が解ければ淡雪のように消える感情だ。こちらが本気になったらまずい。

「また明日な」

シュルツをドアから追い出すと、リドリーはひと息ついてメイドを呼びつけて酒を運ばせた。読みかけの本をめくり、寝酒を飲んでからベッドに潜る。リドリーは閉所恐怖症をわずらっている。暗闇も得意ではなく、寝る時は蠟燭《ろうそく》の小さな明かりが必要だった。蠟燭の長さが短くなっていたのには気づいていたが、寝るまでくらいは持つだろうとそのままにしていた。

考えることが多くて、なかなか寝つけない夜だった。うつらうつらしてきた頃、窓のほうでカタリという小さな音が聞こえてきた。『鷹』がまた戻ってきたのだろうかと薄く目を開けた瞬間、ふっと人の気配が目の前にあった。

「……っ！」

気づいたら寝ている自分の上に大きな男が覆いかぶさっていた。しかも咽元《のどもと》にナイフを突きつけられている。あまりに一瞬の出来事で声を上げる暇もなく、リドリーは覆いかぶさってきた黒ずくめの男と視線を合わせた。蠟燭の明かりは消えていて、窓から差し込む月の光だけが光源だ。

「主……」

ウエーブがかった男の髪がはらりと落ち、嬉《うれ》しそうな囁きが吐息と共に落ちてくる。見覚えのある顔に血の気が引き、声を出そうとした瞬間、男に口づけられた。

「……っ、……っ」

叫ぼうとした声を唇でふさがれる。男は伸《の》し掛かったまま、リドリーの首にナイフを突きつけ、味わうように唇を吸う。咽に当てられたナイフの刃は薄い紙一枚の近さだ。リドリーが少しでも身じろげば、咽に一筋の血が流れる。

「ん……っ」

男はリドリーの唇を舐め、吸い、口内に舌を潜らせてきた。リドリーが思い切り嚙《か》みつくと、痛そうに顔を離す。

口が自由になった瞬間、リドリーは男を睨みつけた。

「マッド、離れろ！」

リドリーの命令が届いたとたん、伸し掛かっていた男がひらりとベッドから離れ、床に着地する。肩までかかる赤毛のウエーブがかった髪に、翡翠《ひすい》色の瞳、薄く生やした顎髭《あごひげ》、いかつい肩に屈強な身体つき。年齢は確か三十二歳。——死刑囚マッドだった。第四騎士団の制服を着て、ニヤニヤしながらこちらを見ている。

「主……、勝手に国を離れちゃ困るなぁ。見た目まで変わっちゃって。目が合った瞬間、ビビッときてすぐに分かったけど、何でもっと早く教えてくれなかった？　俺にはもう主しかいないのにさぁ……」

薄暗い笑みを浮かべ、マッドが目を細める。いずれ来るだろうと思っていたが、騎士団に入ったので夜中に忍び込んでくるとは思わなかった。そしてやはり、リドリーの加護の術をかけられた者は、真の主が直感で分かるようだ。

「何でお前にいちいち言わなきゃならないんだ？」

リドリーは頭を搔き、これみよがしにため息を吐き捨てた。かつてアンティブル王国では大佐の地位にまで上り詰めた男だ。剣技は無論のこと、土魔法を操ることもできる。姿かたちが違うので何のことか分からないと言ってもよかったのだが、ごまかせる相手ではない。マッドは目の前にいる自分がリドリーだと確信している。

「今後、勝手に寝込みを襲うな」

リドリーは厳しい声音でマッドに告げた。マッドの身体が身震いして、リドリーの命令が効いたのが分かった。少し安心したが、この命令は永遠には効かない。皇帝の加護が半月しか効かないように、リドリーの命令は半年ほどで消える。死刑囚マッドには、アンティブル王国にいた頃、折を見て何度も言い聞かせるように命令を復唱していた。そうしないとこの殺人鬼は、平気で人を殺《あや》めてしまう。

「主……、俺を護衛騎士に任命しろ」

マッドは腕を組み、要求を呑《の》んで当然といった態度で迫ってきた。リドリーはベッドから降り、蠟燭の明かりをつけた。部屋がわずかに明るくなり、マッドが濡れた目つきでこちらを見てくるのが分かる。

「俺は今、帝国の皇子という身分なんだぞ。分かっているのか？」

リドリーはベッドを挟んでマッドと向かい合った。こんなことならシュルツを残しておくべきだったと後悔した。マッドは有能だが、手に負えない獣だ。口をふさがれたら好き放題にできる力を持っている。

「俺におとなしくしていてほしいなら、護衛騎士にしろよ。別にひと暴れしてもいいが？　どうせ帝国の人間だ。義理も情もない。そのほうが主も嬉しいだろう？」

ニヤニヤしながら言われ、リドリーは頭が痛くなった。アンティブル王国にいた頃は帝国を憎んでいたから、反論もできない。

「主の傍《そば》にいるあのソードマスター……、主の奴隷だろう？　何となく分かるんだよなぁ。俺と同じ目で主を見ている。あいつは主の身体に触れたか？　まさか身体を許したりはしてないだろうなぁ？」

マッドは宙を見据え、唇を歪《ゆが》めた。シュルツのことだろう。同じ奴隷同士、何か通じるものがあるのかもしれない。一度寝たと知ったら、どうなるか怖い。

「不公平じゃないか？　俺も主に触れたいのに」

マッドがじりと距離を詰めて囁いた。

シュルツとマッドは同じくらいの強さを持っている。マッドはソードマスターではないが、シュルツは魔法を使えないので、互角の戦いになるだろう。マッドを護衛騎士に置く想像をして、リドリーは天を仰いだ。カオスだ。シュルツと対立する図が目に浮かぶ。

（だが、こいつはアンティブル王国の人間だから、皇帝の加護は効かないんだよな……）

マッドの利点を考え、リドリーは悩んだ。護衛騎士をいくら置いても、皇帝の加護が効くなら意味がない。極端な話、皇帝がシュルツやエドワードに皇子を殺せと命じたら二人は従ってしまうかもしれないのだ。シュルツはそれに逆らえる力があると信じたいが、その確証はない。

（でもなぁ、こいつマジでこえーんだよな）

ニヤニヤしながら答えを待っているマッドを見つめ、リドリーは眉根を寄せた。家門の人々を惨殺しただけあって、マッドは常人とは違う空気を持っている。キレると何をするか分からないし、加護の術のせいでリドリーを性的な目で見ている。宰相だった頃も、油断していた時に性的な触れ合いをされたのを思い出した。ともかく大変な相手なのだ。

（御せない奴を傍に置いて大丈夫なのか、俺）

大きな不安を感じて、本来なら拒絶したいところだった。けれどマッドは拒絶したら本当に暴れまわるだろう。平気で人を殺せる男だ。帝国の人数を減らすという名目で、どれほど血を流させるか分からない。いっそ皇帝でも暗殺してくれたらいいが……。

「護衛騎士になりたいなら、せめて第三騎士団に入れ」

悩みぬいた末、リドリーは返事を先送りするという手に出た。

「第四騎士団では、護衛騎士に抜擢《ばってき》したら理由を勘繰られる。何か手柄でも立てて、第三騎士団に移動しろ」

リドリーはマッドを見据えて言った。家格で決められる騎士団だが、第三騎士団は平民上がりが多い。手柄を立てた者や、実力が抜きんでた者が集まった騎士団だ。基本的に数が小さいほど優秀とされる騎士団だが、平民上がりの最高峰は第三騎士団になる。第三騎士団の騎士までが、皇宮で皇族から騎士の誓いの儀式を行えるのだ。騎士の誓いをするかしないかは、重要だ。騎士の誓いをした騎士には、騎士である証《あかし》のバッジが渡される。マッドはアンティブル王国では貴族だったが、事件を起こして爵位を返上したし、帝国では平民の身分だ。

「第三騎士団ね……はいはい、分かった、分かった」

マッドは顎を撫で、軽い口調で手のひらを振った。今はこんなふうにやさぐれた感じだが、大佐だった頃は勤勉で堅実だった。両親を早くに亡くし、家族は愛する妹だけという状態でその妹を失ったものだから、心が病んでしまったのだ。

「約束は破るなよ、主……。俺は本当は主だけいればいいんだからな」

いやらしく舌なめずりして、マッドが窓から出て行く。

「ニックスがいないと、主の近くへ行くのは簡単だなぁ」

からかうような口ぶりでマッドが言う。リドリーはこめかみを引き攣《つ》らせ、早く行けと命じた。マッドは音も立てずにバルコニーから皇宮の庭へと消えていった。マッドがいなくなると、脱力してベッドに倒れ込む。

（はぁ……。味方が増えたというより、敵が増えた気分だ……。クソ、やっぱりニックスが傍にいないと俺は駄目なのか）

マッドの捨て台詞《ぜりふ》が頭にこびりついて離れない。有能すぎる男に頼りきりだった自分を反省した。いっそニックスを護衛騎士にしたいくらいだ。

夜が明けるまでリドリーは緊張を弛められず、ただ時間が流れるのを待っていた。

『鷹』の情報を元に、帝国法の改正に反対だった貴族たちを寝返らせるのに成功した。三分の二を超える貴族の協力を得られて、国政会議が待ち遠しいほどだった。油断は禁物と、残りの反対派も説得していく中、リドリーの元を訪れた女性がいた。

「皇子殿下、第一側室のフランソワ妃がお目にかかりたいと申しております」

その日の朝、侍女のクリスティーヌが今日の予定を告げる中、切り出してきた。第一側室のフランソワ妃とリドリーはあまり接点がない。わざわざ会いに来たいと言っているのはご機嫌伺いではないだろうと察しがついた。

「仕事中に執務室に来るよう言ってくれ」

断ることもできたが、リドリーは話を聞くだけでもと思い頷いた。

その日の執務中、フランソワ妃はリドリーの執務室にやってきた。げっそりした頬に生気のない目つき、高級なドレスがくすんで見えるほど元気がない。

「帝国の新しい太陽にお目にかかります」

フランソワ妃は優雅なカーテシーでリドリーの前に立った。リドリーは書類に走らせていたペンを止め、フランソワ妃を見つめた。

「どうなされましたか？」

執務室には側近と護衛騎士のシュルツとエドワードがいる。彼らはそ知らぬふりで仕事を続けているが、急に現れた第一側室に警戒している。人払いを頼むかと思ったフランソワ妃だが、意を決したように土下座してきた。

「どうかお願いします、皇子殿下！　皇帝陛下にアドリアーヌの幽閉を解くようお願いして下さい！」

涙ながらに訴えられ、やはりそのことかとリドリーは顔を曇らせた。第一皇女のアドリアー

ヌはアンティブル王国の第三王子が来訪した際、馬鹿なふるまいをして皇帝の機嫌を損ねた。

皇帝に斬りつけられ、塔に幽閉されている身だ。

「アドリアーヌは深く反省しております……っ、受けた傷の深さにもうどこかへ嫁ぐのも難し

いだろうと……静かに息を潜めて暮らすようにしますので、皇宮に戻すよう助力してほしいの

です」

フランソワ妃は目尻から涙を流し、娘の嘆願をする。

「陛下にそうおっしゃればいいのでは？」

リドリーはあえて突き放すように言った。

「何度か頼みました……けれど、……陛下は考えを変える気はないと」

苦しそうにフランソワ妃がうつむく。化粧で隠しているが、よく見ると頬に痣《あざ》がある。ひょ

っとしたら皇帝に娘の嘆願をして殴られたのかもしれない。

「でしたら私の意見は通らないでしょうね。フランソワ様、お帰り下さい」

冷たいというのは承知の上で、リドリーはシュルツとエドワードに目配せした。シュルツと

エドワードは無言でフランソワ妃の横に立ち、床に跪いている身体を起こす。

「お願いします！　皇子殿下なら、陛下も頼みを聞いてくれるかもしれません！　可哀想なアドリアーヌのためにお力を！」

シュルツとエドワードに部屋から追い出される間、フランソワ妃は必死になって叫ぶ。

「可哀想？」

リドリーはフランソワ妃の言葉に目を光らせ、机を離れ、ドアのところまで足を向けた。頬を涙で濡らしているフランソワ妃に、厳しい視線を向ける。

「アドリアーヌがあのような行動をしたのは、あなたにも責任があるのでは？　そもそも何の利益もないのに私まで巻き添えにしないでいただきたい。幽閉されているとはいえ、三食食えるし、拷問を受けているわけでもない。嫁げない？　結婚だけが人生ではありませんよ、フランソワ様」

自分勝手な言い分に腹が立ったのもあって、リドリーは廊下に追い出されたフランソワ妃に冷たい言葉を投げかけた。フランソワ妃はぶるぶる震え、わっと泣き出す。

「おい、そこのお前、フランソワ妃を部屋まで送って差し上げろ」

リドリーはドアの外で護衛していた近衛騎士に命じた。近衛騎士は泣き崩れるフランソワ妃を抱えて廊下を去っていく。

執務室に戻り、仕事を再開したが、イライラが募り集中力を欠いた。

（同情させて頼みごとをする奴って腹立つよなー）

サインを書く手も力が入り、何枚かの書類を汚してしまった。

「少し休憩をとられてはいかがでしょうか」

見かねたエドワードに声をかけられ、リドリーもため息をこぼして椅子を揺らした。ヴォーゲル伯爵の領地を下賜されたのもあって、仕事量が格段に増えた。その分実入りも大きいが、責任もあるし、元の身体に戻った時にベルナール皇子が采配できるか心配だ。

「皇子殿下」

ノックの音と共にクリスティーヌが入ってきた。

「お時間が空いているようでしたら、皇后陛下がお目にかかりたいと願い出ておりますが、いかが致しましょうか」

机の前に立ったクリスティーヌに言われ、リドリーは額に手を当てた。おそらくフランソワ妃を追い返したのが皇后の耳に入ったのだろう。まさかとりなしてくるつもりじゃないだろうなと頭が痛くなった。

「分かった、母上の宮へ伺おう」

皇后には聞きたいこともあったので、重い腰を上げた。クリスティーヌは一礼して、廊下で待っている皇后の侍女に「今から参ります」と伝える。リドリーは弛めていたタイをエドワードに直してもらい、ジャケットを羽織って部屋を出た。

シュルツとエドワード、近衛騎士のジンとイムダを伴って皇后の宮へ向かった。ジンは朴訥《ぼくとつ》そうな男で、イムダは額に傷がある。ジンとイムダはめったに皇后のいる宮へ行かないので、少し緊張している。

「皇后陛下の宮は美しいですね」

イムダが皇后の庭園を眺め、感心して言った。

「そうだな、日当たりのよい宮だし、いい庭師を雇っている」

リドリーも大きく頷いた。

皇后宮に入ると、皇后付きの近衛兵が一礼してリドリーたちをガゼボへ案内した。庭園の奥まった一角に八角形の屋根をつけたガゼボがある。あまり人に聞かれたくない時に使う休息所だ。青銅でできたテーブルセットが置かれ、ケーキやクッキーといった菓子がスタンドに並べられていた。

「母上、ご機嫌麗しゅう」

リドリーはガゼボの前で丁寧に礼をした。椅子に腰を下ろしている皇后の横には皇后の侍女が二人、その近くには皇后付きの近衛兵がずらりと並んでいる。

「よく来てくれました。ベルナール、お座りなさい」

皇后は嬉しそうに微笑《ほほえ》み、リドリーを手招いた。リドリーが皇后の向かいに腰を下ろすと、侍女が二人分の紅茶を淹《い》れる。紅茶を淹れ終えた侍女に、皇后はすっと手を上げた。侍女たちが礼をして下がっていく。同時に近衛兵もガゼボから距離を置いた。リドリーも自分が連れてきた騎士たちを下がらせた。これで皇后との会話を聞かれる心配はない。

「帝国法の改正については、進んでいますか？」

皇后に聞かれ、リドリーは三分の二の票は獲得できそうだと現状を明かした。

「母上に、リーガント公爵の助力をお願いしたいです」

リドリーはかねてから頼もうと思っていた事柄を口にした。皇后はリーガント公爵家の出身だ。現在公爵の地位についているのは、皇后の腹違いの弟になる。

「ええ、そう言うだろうと思ってすでに打診しておりますよ」

有能な皇后は微笑みながら答えた。こちらが言う前に皇子のために手を回してくれていた皇后にリドリーは感動した。これで三分の二以上の票は確定だ。皇后としても皇子に花を持たせるために、帝国法の改正を後押ししてくれている。

「ところでベルナール、フランソワ妃がお前のところに来たそうね」

お茶に口をつけ、皇后が切り出す。

「はい。申し訳ありませんが、陛下に皇女の慈悲を願い出ることはしません」

頼まれたら困るので、リドリーは先んじて言った。すると皇后がふふっと微笑みを浮かべた。思っていたのと違う反応だったので、リドリーは手を止めた。

「それでよいのです。むしろフランソワを助けるつもりだったら止めようとしていました」

皇后に優しく言われ、リドリーも肩の力を抜いた。てっきりフランソワ妃を助けようとしているのかと思っていた。

「陛下は恐ろしい方です」

声を潜めて皇后は呟いた。皇后が言うのだから、真実味が増す。

「大したことのない願いでも、陛下の機嫌が悪ければ……。リスクを冒すような真似《まね》はあなたにしてほしくありません」

遠くを見る目つきで皇后が言う。長い間連れ添ってきただけあって、皇后は皇帝の残虐な一面を多く見ているはずだ。皇帝の気まぐれな部分を理解しているのだろう。

「ですが、悪いことばかりではありませんよ。皇后と側室の間柄が悪くないのは、陛下という存在のおかげでしょう」

皇后に諭され、確かにその言い分はもっともだとリドリーも思った。皇帝が冷酷ゆえに、側室たちは身勝手な真似ができない。過去に好き勝手にふるまった側室がいたそうだが、皇帝の気まぐれで斬り殺されたと聞いている。

「私が忠告するまでもなかったようですね。本当に……」

皇后はじっくりとリドリーを見つめてきた。その時間が長くて、紅茶を飲む手に力がこもる。

皇后はベルナールにとって実の母親だし、自分の息子の中身が入れ替わったのに気づいたのではないか。スザンヌに「お前は、誰？」と言われたように、見抜かれるのでは……。

「私にだけ言いなさい。あなたは……」

皇后が身を乗り出して、鋭い眼差しを向けてくる。どきりとして、リドリーは茶器を置いた。

「――ずっと愚鈍な息子を演じていたのね？」

確信を持ったように皇后に聞かれ、あやうく椅子からずり落ちるところだった。

「え……はぁ」

笑っていいのか分からず、リドリーは口元を手で覆った。皇后は何もかも分かっていると言いたげに、目を細める。

「陛下に殺されないように……あなたは愚かな息子を演じてきた……そうなのでしょう？」

皇后は突然有能になった息子を、実はもともと有能なのに隠していたと誤解している。息子可愛《かわい》さのあまり、目が曇っているのだろう。ここは乗っかるしかない。

「……父上の非情さは身に染みていましたから。でもこのままではいられない。もう真の自分を見せる時が来たのだと思いました」

リドリーはきりりとした顔つきで、皇后の誤解に乗っかった。皇后は「やっぱり……」と口元を震わせ、何度も頷いた。

「私もいつもあなたを案じていました。側室に男子が生まれたら、あなたの命はないのではないかと……」

何かの記憶が蘇《よみがえ》ったのか、皇后が涙ぐむ。これはいい機会だと、リドリーは目を光らせた。

「母上。魔女ユーレイアについて知っていることがあったら教えて下さい」

リドリーは誰も聞いていないのを確認して、皇后に詰め寄った。魔女ユーレイアの名前を聞き、皇后の顔が曇る。

「父上に男子が生まれないよう呪いをかけたという者がいます。本当なのでしょうか？」

黙り込む皇后に、リドリーは重ねて尋ねた。

「……陛下が義兄君《あにぎみ》を亡き者にした事件……、皇后が毒殺したとされていますが、それを信じる愚か者はいないでしょう。陛下もそれを重々承知しておられます。あれは恐ろしい事件でした」

皇后は声を絞り出すようにして言った。

「私はお前が生まれたばかりで、前皇帝が亡くなった時のことは、よく知らないのです。まだ床に臥《ふ》せっている時で……、何が起きているか混乱するしかなく……。義兄君が魔女を信頼していたのは知っています。何度か目にしたことも……。黒い眼帯をつけている不思議な魅力を持った女性……」

皇后の口から魔女ユーレイアについて語られ、リドリーは聞き漏らすまいと耳を傾けた。

「陛下は前皇后や子どもたちを斬りつけた後、魔女ユーレイアも殺そうとなさったとか……。この話でも死体は回収されなかったので、きっと逃げ延びたのでしょうね。恐ろしい話です。陛下にはよそでなさっては駄目よ。陛下の耳に入ったら、斬り殺される理由になるでしょう。陛下に正当性を突きつけた者たちは全員殺されました」

身震いして皇后が目を伏せる。マクシミリアン・ド・ヌーヴは直系の男子が自分しかいなかったのもあって、有無を言わさず皇帝の座に就いた。フラトリサイド――帝国では、皇族に限り、兄弟同士が殺し合った末に皇位に就くのを認めている。いわれなき罪をなすりつけ、側妃や子どもまで手をかけたことは非道の極みだが、最高権力者の座に就いたのだから誰も歯向かえない。

「私の生き甲斐《がい》はあなただけなのです、ベルナール」

皇后はそっと手を伸ばし、テーブルの上に置いていたリドリーの手に重ねた。真っ白で少しふくよかな皇后の手が、しっかりと握ってくる。

「私は魔女ユーレイアに感謝しているのですよ」

優しく手を撫でられ、皇后が言う。

「魔女ユーレイアのおかげであなた以外の男子が生まれなかった……。そのおかげであなたはこうして大きくなれたのですから」

皇后にしみじみと説かれ、その通りだとリドリーも思った。他の側室に男子が生まれていたら、きっとベルナール皇子は殺されていただろう。皇帝は豚のように太った皇子が気に食わないようだったし、後継者でなければとっくにあの世行きだ。

（でも死んでたら、俺がこの身体に入ることもなかったと思うんだよなー）

皇后には言えないが、リドリーとしては不満だ。魔女ユーレイアのせいで、帝国の皇子というやりたくない座に就かされた。

「この話はここでおしまいにしましょう。そういえば、ベルナール。立太子の儀に当たって、ラムダ国とマフトフ国の王女と使節団がひと月前から皇宮入りするそうです」

すっと手を離して皇后が話を切り替える。

「えっ？　そんな前から？」

リドリーは怪訝《けげん》げに聞き返し、理由に思い当って苦笑した。皇太子になるリドリーの花嫁に選ばれようと、二国の王女が先に滞在して交流を深めようというわけか。

「お前の後ろ盾となる皇太子妃には力のある者を選ばなければなりません」

皇后は凛《りん》とした態度で説く。リドリーもそれに反論する気はなかった。皇族にとって婚姻は重要な仕事だ。何で自分がその役目をと愚痴を言いたくなる気持ちもあるが、避けては通れない話なので嫌がっても仕方ない。

(はぁ。俺に嫁が来たら、シュルツはどうするのかな)

ただでさえ嫉妬でリドリーに近づく人間を牽制《けんせい》する動きを見せているのに、婚約や結婚などしようものならおかしくなってしまうのではないか。それに今は、マッドという厄介な男まで現れたのだ。

「情勢と共にじっくり見極めましょう」

リドリーは皇后にそう答え、お茶を嗜《たしな》んだ。魔女ユーレイアに関する手掛かりは現在途絶えている。もう死んでいる可能性もあるだろう。

自分はこのまま皇子として生きていくしかないのだろうかと憂鬱な気分で思い、皇后との時間を過ごした。


レオナルドは時々皇宮に現れ、子竜の様子を観察しにきた。子竜は生肉を与えられ、すくすく育っている。まだかろうじてリドリーの肩に乗れるが、そのうち大きくなったら逆にリドリーが乗ることになるだろう。

「そういえば、皇子。ちまたでは皇子は悲劇の皇子と憐《あわ》れまれているぞ」

スーが淹れてくれたお茶と茶菓子を頬張りながら、レオナルドが面白い情報を伝えてきた。子どもたちに流させた噂が、消えると思いきや膨らんでいるというのだ。

最初は子どもたちの他愛もない話だったものが、かつて皇宮に務めていた侍女や使用人、メイドなどの口から、皇帝が皇子をないがしろにしていると明かされたのだ。リドリーはよく知らなかったが、ベルナール皇子はかなり皇帝からひどい目に遭わされていたらしい。これまでは豚皇子ということで誰も同情しなかったが、リドリーが皇子の株を上げたので、実は……と昔の話をする人が現れたらしい。今ではあることないこと勝手に吹聴する者までいるそうだ。

「市井の間じゃ、悪の皇帝、可哀想な皇子ともっぱら話のタネだ」

レオナルドは愉快そうに笑っている。魔塔主である彼は、皇家の力が及ばない存在なので、不遜な発言も許される。それを聞いていたシュルツとエドワード、近衛騎士は青ざめている。

「皇子の目論見《もくろみ》通りじゃないですか」

シャドールは呆れて頭を掻いている。

リドリーも想定以上に噂が走り出しているので驚いた。やはり平民の間では、皇家に対する不満が高まっている。そのせいで分かりやすいうっぷん晴らしをしているのだろう。

「帝国法の改正に対する期待も大きいようだな」

リドリーはレオナルドや近衛兵からも話を聞き、次の国政会議への意欲を高めた。国政会議は一週間後だ。すでに根回しはすんでいるし、あとは脅した貴族たちが裏切らなければ帝国法を改正できるだろう。

打てる手はすべて打った。

あとは神に祈るのみだとリドリーは国政会議を心待ちにした。

　国政会議の日、帝都は雪がちらつく寒さだった。温暖な気候の帝都にしては珍しい寒さだった。リドリーは朝食をすませると、国政会議に参加するために来ていたヘンドリッジ辺境伯を出迎えた。以前は国政会議に代理の者をよこすことが多かったヘンドリッジ辺境伯だが、リドリーに対する期待があるのか、本人が遠くからやってきてくれた。ヘンドリッジ辺境伯は子竜を見たがったので、皇宮の離れにある子竜の寝床へ案内した。

「ほう、これが火竜の仔《こ》ですか。ずいぶん皇子になついているようだ」

　ヘンドリッジ辺境伯は止まり木の大木からリドリーを見つけるなり、はしゃいで飛んできた子竜に目を瞠《みは》った。子竜はすでに一メートルを超えていて、勢いよく飛びついてくると後ろへ引っくり返る重さになっている。グエグエ鳴きながらリドリーにすり寄る子竜を眺め、ヘンドリッジ辺境伯は驚いている。ヘンドリッジ辺境伯は大柄な中年男性で、白髪の混じった髪を後ろで束ねている。強靭《きょうじん》な肉体を持ち、雪の結晶と槍《やり》をデザインした紋章のマントを羽織っている。ヘンドリッジ辺境伯の住む地域は寒いので、帝都のこの程度の寒さは何ら影響はないようだ。

「他の者を襲ったりはしないのですか？」

　ヘンドリッジ辺境伯に聞かれ、リドリーは子竜の前に持ってきた肉と野菜、果物の入った籠を置いた。子竜は大好物の肉から美味《おい》しそうに食べ始めている。

「狩りを覚えさせていないので、今のところ人間に対して攻撃性は出しませんね。そもそもまだ火も噴けないようだし。ああ、でも……」

　リドリーは肉を食べ終え、果物にかぶりつく子竜を満足げに眺めた。

「毎日話しかけていたせいか、人の言葉を理解したようです。だから発言には気をつけたほうがいいでしょう」

　にやっと笑って言うと、ヘンドリッジ辺境伯が苦笑した。

「それは……多くの者が竜に言葉など分からないと思っているから、迂闊《うかつ》な者には手痛い仕打ちが待っておられるでしょうな」

　リドリーの意地悪さを感じたのか、ヘンドリッジ辺境伯もにやりと笑い返す。

「今日の国政会議は、帝国にとって重要な局面になるでしょう」

　子竜のいる離れから皇宮に戻る傍ら、ヘンドリッジ辺境伯が重々しい口調で呟いた。

「陛下が褒賞としてお認めになったので、問題なく通ると良いのですが……」

　ヘンドリッジ辺境伯の憂いは、リドリーも感じているところだ。肝心の皇帝がリドリーの出した改正案に反対とも賛成とも言っていないのだ。ヘンドリッジ辺境伯と肩を並べて歩きながら、リドリーは小さく笑った。

「やるべきことはすべてやりましたので、あとは結果を待つのみですよ」

　リドリーの裏工作のおかげか、世論はかなり高まっている。連日のように新聞記事には帝国法の改正案についての記事が載り、貴族と平民どちらの立場からの意見も紙面をにぎわせた。

新聞の購買者は貴族や商家の者が多い。だが、こと平民の処遇に関する記事のせいか、平民も新聞を買う率が高くなったという。文字を読めない平民も多い中、かつてないほどの売り上げを叩きだしたことで、新聞社も平民の存在を重要視し始めている。

「そういえば愚息のルイが来年から帝都のタウンハウスに移ることになりました。王立アカデミーの試験を受けたところ、飛び級で入れることになりまして」

思い出したようにヘンドリッジ辺境伯が言う。ヘンドリッジ辺境伯には子どもが何人かいるが、次男のルイはぽっちゃりした体形の勉学が好きな子だ。ヘンドリッジ辺境伯のところでは力こそ正義という輩《やから》が多く、武芸に秀でていないルイは自分が駄目な人間と思い込んでいた。だが飛び級で入れるということは、かなり頭がよい証拠だ。

「それは素晴らしいですね。今、おいくつでしたっけ」

ルイを思い返しながらリドリーが聞くと、ヘンドリッジ辺境伯が「こちらに来る頃には十二歳になっております」と答えた。

「帝都に来たら、皇宮に招待しますよ。ルイ殿には辺境伯の領地でお世話になったので」

ヘンドリッジ辺境伯は子どもの話になると柔らかな雰囲気になる。子どもへの愛情が深いのだろう。和やかに領地での話を聞きつつ、リドリーはヘンドリッジ辺境伯と共に国政会議が行われる会議室へ赴いた。

会議室には主だった領主と管理職にある者、そして皇族が集まった。その数、三十名。すべて貴族だ。書記官が出席者の名前を書き込み、今日の議題であるいくつかの案が書かれた紙を配る。リドリーとヘンドリッジ辺境伯が定められた席に着くと、最後に皇帝が側近と共に入ってきた。皇帝が現れるとすべての者が席を立ち、胸に手を当て、頭を下げる。

「帝国の偉大なる太陽に栄光あれ」

全員が口を揃えて皇帝を称《たた》える。皇帝は決められた真ん中の席に座り、出席者を見渡した。

「では、国政会議を始めます」

宰相のビクトールが口を開き、会議の始まりを知らせる鈴の音を鳴らした。半年に一度行われる国政会議は、各領地の報告をまず行う。農産物の出来具合から災害や人災、堤防や道の開発など多岐に亘る。今年は日照りもなく、豊作の年といってもよいだろう。ヴォーゲル伯爵の領地を下賜されたリドリーも自領の報告をした。報告の後、来年の税に関するお達しがあり、問題なければ次の議題へと移る。税に関しては、出荷量による増減がなされるので、ここで文句を言う領主はめったにいない。ただし、あくまで自己申告なので、のちに国から監査が入り、出荷量に虚偽がなかったか調べることになっている。

しゅくしゅくと議題が消化され、残るはリドリーの出した帝国法の改正案についてになった。

リドリーはビクトールから議題について説明するように言われ、立ち上がって帝国法の改正案について口頭で説明した。

「現状の法案では、いずれ平民による反乱が起こりかねません。騎士団という強大な武力を持つとはいえ、平民の数の多さは明らかです。彼らを生かさず殺さずに保つためには、ある程度の譲歩が必要と思われます」

リドリーは貴族たちに目を向けてしゃべった。中には『鷹』から聞いた弱みを使って脅した貴族もいて、リドリーと目が合うと、ひっと身をすくめてうつむいた。

「以上が私の提案した法案でございます」

言いたいことをすべて言い終えてリドリーが席につくと、ビクトールが咳払《せきばら》いする。

「では、帝国法の改正案についての是非を問います。賛成の方は挙手を、反対の方は手を下げて下さい」

ビクトールが厳かにそう告げた瞬間だった。

それまで黙って聞いていた皇帝が、指先で机をトンと叩いた。それは小さな音だったが、その場にいた出席者がいっせいに皇帝に目を向けた。リドリーはハッとした。皇帝が小声で何か呟いているのが見えたのだ。

「——この法案に全員、反対せよ」

皇帝の声が響き渡ったとたん、ずんと空気が重くなった。すべての出席者の目がどんよりと淀《よど》んだようになり、明らかに異常な気配が漂う。リドリーは血の気が引き、膝の上に置いていた拳をきつく握りしめた。

——皇帝が、加護の術を使った。

（畜生、やられた！）

リドリーは内心歯ぎしりして、机に拳を叩きつけたい衝動に駆られた。これまで皇帝は帝国法の改正案に関して賛成も反対もしなかった。その態度は反対には見えず、だからこそ法案に消極的だった貴族も賛成に傾いてくれたのだ。完全に油断していた。皇帝はリドリーが改正案を通すために奔走するのを高みから眺め、すんでのところでこの法案を破棄させるつもりだったのだ。

誰も挙手しない。

リドリーが根回しして賛成票を投じると約束した者たちが、誰ひとり身じろぎさえしない。皇帝の加護の術が、この場にいたすべての者にかかっている。

（あーっ、クソが！）

リドリーは怒りを感じつつも、すっと手を挙げた。自分の出した議題に自分が反対するなんてありえない話だからだ。

「――ッ？」

リドリーが挙手すると、皇帝が動揺したようにこちらを凝視してきた。皇帝は信じがたいという目つきでリドリーを見ている。皇帝はリドリーさえも反対すると思い込んでいたのだろう。皇帝の加護が通用すると思わせるためには、手を挙げるべきではなかったのは分かっている。だが、そんな策さえも放り投げたくなるくらい、リドリーは怒っていた。これまで費やした苦労がすべて無になったのだ。

(もう腹はくくった！　皇帝、お前と対峙《たいじ》する！)

皇帝と対立すると分かっていても、通さねばならない矜持《きょうじ》がある。リドリーは怒りをたぎらせ、しっかりと手を挙げた。

「……賛成、は一人……」

リドリーだけが手を挙げているのを見て、ビクトールが声を絞り出した。だが、その途中で、何かの力に抗《あらが》うように、アルタイル公爵とヘンドリッジ辺境伯が挙手をした。その様子に皇帝の目の色が変わった。珍しく皇帝が冷や汗を流し、アルタイル公爵やヘンドリッジ辺境伯を睨みつけている。続けてビクトールが苦しそうに手を挙げ、大きく息を吐きだした。

「賛成は……四名……でしょうか。いや……五名、ですな」

ビクトールの視線の先へリドリーも目を向けた。息を荒らげながらリッチモンド伯爵が手を挙げていた。

「三分の二に達しませんでしたので……この改正案は……却下されました」

ぜいぜいと喘《あえ》ぎながらビクトールが無念そうに呟く。リドリーは悔しくて拳を握りしめた。最後にひっくり返してきた皇帝に腹が立って仕方ない。——だが、仰ぎ見た皇帝は、見たことのない表情をしていた。まるで皇帝のほうが却下されたようだ。

(そうか……！　奴は自分の加護の術が全員に効かなくて焦っているのだ！)

皇帝にとってはこれまで自分のやりたいことはすべて通せてきた。誰を殺しても、何をしても加護の術さえあれば思い通りになった。

けれど今――皇帝は自分の力が効かない事態に混乱している。焦り、困惑し、何故、と理由を探しているのだろう。

皇帝と視線が合い、リドリーは深く息を吸い込んで立ち上がった。

「今回は残念な結果になりましたが、いずれ、この法案は通させてもらいます」

宣戦布告の意味を込めて、リドリーはきっぱりと告げた。会議室には奇妙な沈黙が落ち、しばらく誰も立ち上がらなかった。

帝国法の改正案が却下された件に関しては、すぐさま号外の記事になった。

平民の中には絶望を感じた者も多く、各地で反乱めいた小競《こぜ》り合《あ》いが起こった。どうせ貴族は平民を虐げるという怒りを警備隊に向ける者や、貴族がよく出入りする宝石店を襲う者、規模は小さかったがあちこちで揉《も》め事が起こった。

リドリーも会議室から戻り、自室で一人、怒りをぶつけていた。

「クッソーッ、皇帝死ね！　死ね！　クソ皇帝、ぶっ殺す！　俺の時間を返せ！」

あれほどがんばって根回ししたものが水に流されたのだ。こんな暴挙を許せるはずがない。クッションをベッドに叩きつけ、壁に蹴りを打ち込み、子竜に与える肉を何度もナイフでぶっ刺した。それでも怒りが収まらず、破棄する書類をびりびりに破いていった。

「お心を鎮めて下さい」

見かねたシュルツに自分を殴れと言われたが、肉の壁みたいなシュルツを殴ったら自分の拳が壊れるに決まっている。

国政会議の翌日には、脅しをかけた貴族から山のように詫《わ》びの書状が届いた。何でか分からないが手を挙げられなかったと切々と訴え、どうか例の件に関しては放出しないでくれと泣きごとが書かれていた。腹が立ったので脅しをかけた貴族の弱みをぶちまけようかとも思ったが、それはかろうじて我慢した。

「父にも賛成票を投じるよう頼んだのですが、意に反する結果になってしまい、申し訳ありません」

シュルツは国政会議に出席した父親のホールトン侯爵が手を挙げなかったことを謝罪してきた。皇帝の加護の術によるものだとしても、シュルツは不甲斐ないと悔しがっている。自分が出席していたら必ず挙手したのにと嘆く。

「けれど……どうして、手を挙げたのですか？　陛下に、皇子には加護の術が効かないことが知られてしまったのではないですか？」

シュルツに改めて聞かれ、リドリーは叩きすぎて中の綿が出てきたクッションを長椅子に放り投げた。

「あれは俺の矜持の問題だ」

リドリーは気持ちを落ち着かせようと、スーを呼び、お茶を頼んだ。

「俺の出した法案に俺が賛成しないなど、どう考えてもおかしいだろう？　いや、おそらく陛下はそれすらも見込んで加護の術を使ったのかもしれない。俺があの時法案に賛成する挙手をしなかったら、帝国国民は俺に対して不信をもつだろうから」

あの時は反発心があって手を挙げたが、正しい行為だったと確信した。たとえ皇帝に自分の力が知られようと、通すべき仁義があった。

「シュルツ、俺は決めたよ」

リドリーはお茶を運んできたスーを見やり、目を光らせた。

「俺は——皇帝を倒す」

これまで躊躇《ちゅうちょ》していた大きな事案を、リドリーは選び取った。本来の自分に戻るために動いていたが、ここに来て、自分はあの巨大な敵を倒すべきと思い立った。

リドリーの言葉にシュルツだけでなく、お茶を淹れようとしていたスーまでもが固まった。スーに至ってはは珍しくお茶をこぼしたくらいだ。

「お、皇子……、そ、それは……」

シュルツは真っ青になり、身震いしている。スーは何も言わなかったが、完全に固まってしまった。帝国の皇帝を倒すなんて、我ながら恐ろしい発言だ。だが、リドリーにはそうしなければならない理由もできてしまった。

法案に賛成の手を挙げたことによって、皇帝はリドリーに対する疑惑を抱いたからだ。

本来ならリドリーも手を挙げられないはずだったのに、加護の術を破って、手を挙げたのだ。皇帝からすれば、青天の霹靂《へきれき》、小さい虫程度に思っていたものが嚙みついてきたようなものだ。皇帝はそんな真似を許す男ではない。

(陛下は俺を敵視するだろう。どういう手を使ってくるか分からないが、確実に俺という存在をつぶそうとしてくるはずだ)

リドリーにはこれから皇帝が起こす行動の予測がついていた。血の繋がった兄でさえ殺した男だ。息子を殺すことくらい、平気だろう。

「皇子……私は、あなたについてまいります」

シュルツはリドリーの前に膝をつき、震える声で言い切った。

「わ、わわ、私も皇子の味方ですっ」

スーも焦ったように言う。

無論、シュルツやスーには自分の味方になってもらわなければならない。巨大な敵に立ち向かうのだ。味方は何人いても足りないくらいだ。

（帝国民のために、と言ってやりたいところだが……、結局のところ俺は自己保身のために立ち上がろうとしている。だが、それこそ俺らしいのかもしれない。もともと皇子ではないのだから。俺は俺の身を守るために、皇帝を倒す。あのクソ野郎を皇帝の座から引きずり落とす。それが祖国のためにもなるだろう）

シュルツやスーには真の気持ちを明かせなかったが、リドリーはこれまで目を背けていた大事業に着手することに決めた。

「シュルツ、賛成票を投じた者を至急、皇宮へ集めてくれ」

リドリーは決意を固めて言った。その日のうちに、リドリーはアルタイル公爵とヘンドリッジ辺境伯、リッチモンド伯爵と宰相のビクトールを部屋へ招いた。賛成票を投じた彼らは、重苦しい面持ちで、見つめ合っている。人払いをさせて、リドリーは改めて国政会議で起きたことを確認した。

「以前から何らかの力が働いていると思っておりました」

口火を切ったのは、ヘンドリッジ辺境伯だ。

「ああ。あの会議でそれが分かった。皇帝は——我々を洗脳するような加護の術を持っておられるのですね」

アルタイル公爵が深く頷き、リドリーを見つめる。

「信じられないことですが……最初、皇帝の声が聞こえて、何故か手を挙げられなくなりました。この法案は通すべきではないという気持ちになり、反対しようと急に思い立ったのです」

リッチモンド伯爵がため息混じりに言う。

「皇子殿下が手を挙げなければ、私も反対したほうがいいと思っていたでしょう」

ビクトールも眉根を寄せて言う。

あの国政会議で、唯一良かった点は、彼らの心を得られたことだ。端的に言えば、賛成票を投じた彼らは、皇帝への忠誠心を失った。皇帝の加護の術は、忠誠心によって大きく左右される。皇帝の右腕とも言うべきヘンドリッジ辺境伯やアルタイル公爵が加護の術から逃れたことは、リドリーにとっても驚くべき現象だった。

「……陛下の加護の術は、自分より下の身分の者が逆らえなくなるものだ。それは帝国中に通じる」

リドリーは皇帝の加護について明かした。四人とも目を見開き、わなわなと身体を震わせる。加護に関しては本来他人に明かさないものだ。皇帝とは長い付き合いだった彼らも加護の能力については知らなかったらしい。

「ただし、それは忠誠心を持つ者の数によって変わる。現在は帝都までしか通じない上に、半月ほどで効力が失われるようだ。帝都では起きていないが、地方で反乱が起きたのがその証だろう」

『鷹』から聞いた話を告げると、アルタイル公爵とヘンドリッジ辺境伯が目を見交わし合う。

「それで納得致しました。これまで陛下の暴挙に関して思うところはありましたが、それでも我が主君と従ってきた……。時々、頭にかすみがかかったようになることがあり、どうしてだろうと思っていたが……」

ヘンドリッジ辺境伯が、ぎりと歯ぎしりする。

「陛下の残虐性は理解しております。私はもともと忠誠心がなかったので、あの場で己を取り戻したのかもしれません」

リッチモンド伯爵の話を聞き、リドリーも思い当たる節があった。よく考えたら、騎士たちは皇帝陛下に忠誠を誓う。伯爵よりもシュルツのような忠義心の厚い騎士のほうが皇帝の加護が効くのではないか。

「国政会議で、魔法といった力が使われるのは禁止されております」

ビクトールが国政会議における規則が書かれた書をテーブルの上に出す。

「あの時、何らかの力が働いたのは、参席者の誰もが認めるところでしょう。これを皇帝陛下に提出し、臨時の国政会議を開かせるのはどうでしょうか」

思いがけない提案に、リドリーは目を輝かせた。半月もすれば、貴族たちにかけられた加護の術は解ける。その頃に再度臨時の国政会議を開けば、法案が通る可能性が高い。

「だが、また陛下が加護の術を使ったらどうする？」

アルタイル公爵が腕組みして言う。

それに対する策が思い当たらず、リドリーも顔を顰めた。

「それでも、国政会議に参加する貴族が帝都に残っているうちに、再度開かせるべきだ」

自分でも意地になっていると思わないではなかったが、リドリーは前のめりで言った。ヘンドリッジ辺境伯が帰ってしまったら、帝都に来るのに二週間はかかる。同じように遠い地にいる領主たちに、領地に戻る前に通達しなければならない。

「ごもっともです。すぐに臨時の会議を開く旨を出席者たちに出しましょう。臨時の国政会議を開くには出席者の三分の二の参加が絶対です」

ビクトールも決意を固め、即座に動き出すことにした。リドリーは詫びを入れてきた貴族たちに、誰かが魔法を使って反対させたという手紙を書き、臨時の会議に出るよう促した。

皇帝の出方次第では、再び却下される可能性があったが、リドリーは諦めきれずに行動した。

そして、それは思わぬ方向で良い結果となった。

何と――三日もすると、臨時会議に出席するという返事が貴族たちから集まったのだ。加護の術がまだ効いているはずだが、彼らは参加すると申し出ている。あっという間に署名が集まり、国政会議が開かれることになった。

（これは――おそらく、平民の力だ）

リドリーは手ごたえを感じて、武者震いをした。

各地で起きた小競り合いや反乱、法案が通らなかったことへの平民たちの不満、それらは大きな潮流となって皇帝への忠誠心を失わせた。だから加護の術がすぐに解け、臨時の国政会議を行う方向に進んだのだ。

五日後には、国政会議を行うためにあの日出席した全員が会議室へ集まった。

議題は一つだけだったので、すぐにビクトールが採決に進んだ。リドリーは皇帝の動向をずっと窺っていたが、何故か皇帝は今回は無言で採決を認めた。

出席者の三分の二を上回る人数の手が挙げられる。

「賛成票、二十五名——よって、この法案は改正される運びとなりました」

ビクトールが誇らしげに告げ、拍手が湧き起こった。

リドリーもテーブルの下で拳を握り、興奮していた。皇帝は賛成票に挙げなかったものの、黙って結果を受け入れ、会議が終わると側近と共に去っていった。

皇帝が二度邪魔をしなかった理由——それは己の身を守るためだ。加護の術の効きが悪いことで皇帝も気づいたのだろう。自分への忠誠心が失われていることに。これまで自分の思い通りにするために、まともな臣下を残しておいたのも、忠誠心を損なわないためだ。侮っていた平民の反発心を知り、自分の力が弱まっているのをまざまざと見せつけられ、皇帝も危機感を覚えている。

「やりましたな、皇子」

ビクトールが嬉しそうにリドリーに近寄り、法案が通ったことへの喜びを分かち合う。アルタイル公爵やヘンドリッジ辺境伯、リッチモンド伯爵だけでなく、他の賛成してくれた貴族たちもリドリーの周りに集まってきた。

「皆に感謝する」

リドリーは皆に微笑みかけ、大きな一歩を踏み出した。

帝国法の改正が成された件は、広く平民たちに知れ渡った。それを機に、小競り合いや反乱が少しずつ収まり、帝国に平和が戻ってきた。

リドリーはひそかに皇后と勝利の盃《さかずき》を交わし合い、法案に係わったさまざまな人へ挨拶に行き、大いに喜び合った。特にアルタイル公爵の養女となったミミルは、涙を流してリドリーに忠誠を誓ってきた。自分の願いから始まった法の改正に、故郷の皆も喜んでいると教えてくれた。

あと二カ月もすれば立太子の儀が行われる。自分がどっぷりと皇子の身分に浸《つ》かっているのを感じつつ、リドリーは充足した日々を過ごしていた。

◆8　皇帝の思惑

マクシミリアン・ド・ヌーヴは生まれながらに人の上に立つ存在だった。

皇家に生まれ、次男という立場ではあったものの武芸に秀でて、怖いもの知らずだった。屈強な身体を持ち、戦争で武勲を上げたこともある。マクシミリアンを推す貴族の数も多く、唯一無二の存在であることが誇らしかった。

けれど父親である皇帝は、兄を皇太子に任命した。長兄が皇位を継ぐべきという古い思想の持ち主だったのだろう。兄が二十代のうちに父が亡くなり、皇太子だった兄がサーレント帝国の皇帝となった。兄は人柄がいいだけの武芸も教養も学問も並の才能しか持たない男だ。妻に迎えた女性も男爵家の出で、大した後ろ盾にもならない。どうして自分より無能な男が皇帝を名乗っているのか理解できなかった。それに——そう、自分には加護がある。これは兄にはないものだ。

マクシミリアンは皇弟という立場を不服に思っていた。兄との仲は悪くなかったが、自分こそが皇帝になるべきと思っていたので機を見て自分が皇帝になり替わろうと考えていた。

兄の在位が二年ほど経った時、マクシミリアンは頃合いと見計らい、兄を毒殺した。毒殺したのは皇后と決めつけ、有無を言わさず兄の妻や側室、子どもたちも全員斬り殺した。皇宮の一室は、むせ返るような血の臭いでいっぱいになった。抵抗する臣下もいたが、マクシミリアンが加護の術を使うと全員言いなりになった。皇后が毒殺したなどというのは誰の目にも濡れ衣だと分かっていたにも拘《かか》わらず、臣下はそれを受け入れたのだ。

マクシミリアンの加護の術は、自分より身分が下の者が自分のいうことに従うものだ。皇帝の座に就くと、帝国中のすべての人間は自分の命令を聞く存在になった。どんな男だろうが女だろうが、老人だろうが子どもだろうが、すべての人間が命令通りに動く。

これほど愉快なことがあるだろうか？

帝国は自分のおもちゃになったのだ。好きなように遊び、犯し、殺せる。

面倒な政務は臣下にやらせれば、いい。最初はそう思い、マクシミリアンは気に入った容姿の女性を側室に迎え、生意気な態度をとった管理官や貴族、平民を斬り殺した。

だが、そんなふうに自堕落に耽《ふけ》っていると、徐々にマクシミリアンの加護の力が弱まった。命じてもその通りにならなかったり、地方の領主が反乱を起こしたりしてきた。そこで初めて自分の加護には欠点があると気づいた。

マクシミリアンの加護は、忠誠心が効力の差を生むのだ。自分が駄目な皇帝として生きれば、加護の力はどんどん弱まり、いずれ破綻を迎える。

それに気づいたマクシミリアンは、仕方なくまともな皇帝の振りをしなければならなくなった。

（あの魔女の言う通りになってしまった）

時折頭に蘇るのは、兄を弑《しい》した際、現場を目撃した魔女の捨て台詞だった。

「お前はいずれ破滅する、凄惨な死を迎えるだろう」

逃げ去る際、魔女はマクシミリアンにそう告げた。兄がよく相談をしていた不気味な女性で、いつもフードを深く被《かぶ》り、黒いマントを羽織っていた。たまにちらりと見える顔に、眼帯をしていたのを覚えている。魔女はすれ違う時に鼻につく嫌な匂いを発していた。セージという植物の匂いらしい。マクシミリアンはあれが本当に苦手だった。だから、兄の家族をすべて殺した時、魔女も殺すつもりだった。

「私はお前を呪う、お前を苦しめるためだけに残りの人生を捧《ささ》げよう」

魔女の言葉は今でもマクシミリアンを苛立《いらだ》たせる。殺せなかった魔女だが、あれから二十年が経ち、一度も姿を現していない。呪うと言っていたが、自分は万全たる地位を築き、多少のわずらわしさはあっても悠々自適な暮らしをしている。しいて言えば、皇女ばかり生まれてくることだが、すでに一人男子が生まれているし、結局魔女には何の力もなかったと分かっている。

一時は弱まった加護の力だが、今は問題なく機能していた。

帝国全土まで行き渡るとは言い難いが、地方の反乱など騎士団の力があればいくらでも鎮圧できる。

そう、昨日までマクシミリアンは高をくくっていた。

冬に行われた国政会議での一幕――皇子であるベルナールが出した帝国法の改正案、それを採決する際、思いがけない事態が起きた。

マクシミリアンはたった一人の男子であるベルナールが大嫌いだ。醜く太った姿は目障りだし、愚鈍で、魔法の才能が多少あるくらいの無能だ。皇子であるから斬り殺すわけにはいかないが、以前から目にするだけで苛立ちが起きた。皇后は息子を溺愛しているが、とうてい親子の情など湧かない。

そのベルナール皇子が、ここ一年半で急激に変化した。

あれほど太っていた姿が消え、見目のいい青年に生まれ変わった。これまでやらなかった政務に精を出し、有力貴族と渡り合うような有能さを見せ始めた。最初は何かの気まぐれかと思っていたが、どんどん頭角を現すベルナールにもやもやとしていた。

「皇子殿下は素晴らしい才能をお持ちだったのですね。これで帝国も安泰ですね」

マクシミリアンにそんなおべっかを使う貴族が増え、苛立ちはなかなか消えなかった。貴族たちは有能な後継者になったと世辞を述べているつもりだろうが、自分以外を褒められても何ら嬉しくない。

今思えば、知らぬ間に自分の存在をおびやかすベルナール皇子に危機感を抱いていた。

それがはっきりしたのは、国政会議で採決をとった時だ。

マクシミリアンはベルナール皇子が帝国法の改正案を口にしてから、それを邪魔してやろうと目論んでいた。理由はない。ただベルナール皇子の悔しがる姿、がっかりする姿を見たいだけだった。だから採決の前に、マクシミリアンは加護の術を使った。そして、本来ならあの場でベルナール皇子を含むすべての人間が改正案に反対するはずだった。

ところが、ありえない事態が起きた。

ベルナール皇子が、加護の術がまるで効いていないかのように手を挙げたのだ。その瞬間、マクシミリアンは混乱した。何故ベルナール皇子が自分の命令に従わないのか、理解できなかった。しかも続けて数名の有力貴族がベルナール皇子に賛成の立場をとった。

ありえない話だった。

皇宮において、自分の加護の術が効かないなどあるわけがない。

その時、遅まきながらマクシミリアンは気づいた。いつの間にか、自分への忠誠が薄れ、ベルナール皇子へと移っていることに。

(何故だ⁉　あの無能な白豚皇子が！)

それまで気にもしていなかったが、側近に調べさせると、平民の間でベルナール皇子は救世主のように扱われていた。帝国に咲く花として、慈悲深く、聡明《そうめい》な皇子ともてはやされていた。

平民から人気があったのは知っていたが、たいしたものではないと高をくくっていた。事実は違った。そしてその一方で、残虐で暴君な皇帝への不満が高まっていた。迂闊だった。貴族の動向は気にしていても、平民の気持ちなど考えたこともなかった。だが、平民も帝国民なのだ。彼らの忠誠心が下がれば、自分の加護の術も弱まる。

事ここに至って、マクシミリアンは自分が危険な存在を野放しにしていたのを知った。

ベルナール皇子こそ、自分の地位を邪魔する者だったのだ。

それに気づいた瞬間、マクシミリアンはベルナール皇子を消そうと決意した。

本来なら唯一の男子後継者を皇帝が殺すなどありえない。だが、自分が死んだ後のことなど、どうでもいいのではないだろうか？　帝国がどうなろうと、自分が死んだ後なら気にもならない。

今の自分にとって邪魔な存在を消すだけ。

そう結論づけるまでに時間はかからなかった。

マクシミリアンはその夜、久しぶりに第二側室の寝室を訪れた。

第二側室のミレーヌ妃はややつり上がった瞳、ほっそりした顔つきの女性だ。権力志向が強く、今は隣国に嫁いだが、娘を女帝にさせようと水面下で動き回っていた。

「陛下、いらしていただきありがとう存じます」

ミレーヌ妃の寝室には香が焚《た》かれ、ベッドには薔薇《ばら》の花びらが散っていた。ミレーヌ妃は三十八歳、スレンダーな身体つきで、襟を崩せばすぐに全裸になれるガウンを羽織っていた。寝所にきたのでお情けをもらえると思っていたようだが、マクシミリアンはミレーヌ妃には飽いていた。ベッドにどかりと座ると、立っていたミレーヌ妃に口での奉仕を命じた。

「失礼いたします……」

伯爵家の出のミレーヌ妃は最初こういう奉仕に抵抗がある様子だった。屈辱的な様子でしゃぶる光景を見るのが好きで、マクシミリアンは跪くミレーヌ妃を見下ろした。

「ベルナール皇子に毒を盛ったようだな」

手でマクシミリアンの性器を扱《しご》こうとしたミレーヌ妃が、囁き声にびくっとする。ベルナール皇子が竜退治をする前の話だが、食事に毒を盛られる事件が起きた。証拠はないものの、実行犯の証言で、ミレーヌ妃の仕業というのは分かっている。宰相から報告は受けていたが、これまでマクシミリアンはそれについてミレーヌ妃を問いたださなかった。

「何のことだか……」

ミレーヌ妃は青ざめ、震える声で答えた。自分が斬り殺されるのではないかと思ったのだろう。にやりとマクシミリアンは笑った。

「最後までやり通せ。始末は私がつけてやろう」

マクシミリアンはミレーヌ妃の髪を撫で、目を細めて言った。ミレーヌ妃が困惑して身を引き、「え……?」と唇を震わせる。

マクシミリアンはベルナール皇子を殺せと言ったのだ。ミレーヌ妃の困惑も当然だ。

「子の数が多すぎる。少し減らそうと思ってな。お前の娘でもよいが」

下卑た笑いと共に言うと、ミレーヌ妃が目に見えて震えだした。ベルナール皇子を殺さなければ、ミレーヌ妃の娘を殺すといったも同然だからだろう。

ベルナール皇子を亡き者にしようと決めたが、自分が直接手を下す真似はできなかった。帝国で人気を勝ち得たベルナール皇子を斬り殺せば、そこでマクシミリアンへの忠誠心は無に帰すだろう。だから、自分以外の者が手を下す必要があった。ミレーヌ妃は一度事を起こしているし、都合よい存在だ。

「皇女も女帝になれるよう、法案を変えようではないか。お前が事を成しても、被害が及ばないようにもしよう」

マクシミリアンはそう嘯《うそぶ》いた。もちろん、始末をつけてやるつもりは毛頭ない。ベルナール皇子を殺した後、ミレーヌ妃も皇子殺害の犯人として殺せばいい。

「へ、陛下……そ、そのような……」

ミレーヌ妃が絶望的な表情で見上げてくる。怯《おび》えるその顔にそそられ、マクシミリアンは顎を持ち上げた。

「返事は」

有無を言わさぬ声音で問いかけると、ミレーヌ妃の頭が力なくがくりと垂れる。

「仰せのままに……」

絞り出すような返事を聞き、マクシミリアンは満足げに頷いた。

早くあの無能皇子の死の知らせが聞きたい。その日を迎えるのを心待ちにして、マクシミリアンはうっとりと目を細めた。

あとがき

こんにちは&はじめまして。夜光花《やこうはな》です。

無能皇子も三冊目となりました！　もうちょっと続けてもよいとお許しが出たので、思い切り楽しく書いております。このシリーズは本当にひたすら楽しいだけで、主人公に感情移入してもまったくストレスがないのがいいですね。今回は竜退治と帝国法改正の話でした。最初の予定では立太子まで書くはずだったのですが、書くことが多すぎてページを食ってしまい、立太子は次回へ持ち越しです。竜退治のシーンはとても楽しく書きました。やはり闘っている男が好きです！

そしてやっとシュルツとリドリーに進展があったのですが、この二人が真にくっつくのはまだ先かなと思います。別の奴隷も出てきたので、次回はもう少し色気のあるシーンを増やしたいですね。何だかんだと主人公総受けっぽくなってきたかな？　一応愛され主人公を目指しております。

今回もイラストはサマミヤアカザ先生に描いてもらえました。表紙にもベルナール皇子がいますよ！　毎回どういうふうにベルナール皇子を入れてくれるのかすごい楽しみです。サマミヤアカザ先生の描くベルナール皇子はもちもちしてそうで大好きです。この銅像は観光名所にしたいですね。一冊目から並べるとシュルツとリドリーの関係性が進展しているのが分かり、ニヤニヤしてしまいます。子竜も入れてもらい嬉しい。まだ本文のイラストは見てないので出来上がりが楽しみでなりません。いつも美麗なイラストありがとうございます！

担当様、毎回好きに書かせていただきありがとうございます。次回もよろしくお願いします。

読んで下さった皆様、感想などありましたらぜひ教えて下さい。励みになるので、お手紙くれたら嬉しいです。

ではでは。また次の本で出会えるのを願って。

夜光花

この本を読んでのご意見、ご感想を編集部までお寄せください。

《あて先》〒141-8202　東京都品川区上大崎3-1-1　徳間書店　キャラ編集部気付
「無能な皇子と呼ばれてますが
中身は敵国の宰相です③」係

【読者アンケートフォーム】
QRコードより作品の感想・アンケートをお送り頂けます。
Chara公式サイト http://www.chara-info.net/

■初出一覧

無能な皇子と呼ばれてますが中身は敵国の宰相です③……書き下ろし

無能な皇子と呼ばれてますが中身は敵国の宰相です③

……【キャラ文庫】

2024年1月31日　初刷

著者　夜光 花

発行者　松下俊也
発行所　株式会社徳間書店
〒141-8202　東京都品川区上大崎3-1-1
電話　049-293-5521（販売部）
　　　03-5403-4348（編集部）
振替　00140-0-44392

印刷・製本　図書印刷株式会社
カバー・口絵　近代美術株式会社
デザイン　間中幸子（クウ）

ISBN978-4-19-901123-8

夜光 花の本

好評発売中

［無能な皇子と呼ばれてますが中身は敵国の宰相です］

イラスト✦サマミヤアカザ

怠惰で我儘、甘い物好きで白くぶよぶよ膨れた「豚皇子」――。突然の落雷で、馬鹿にしていた男と身体が入れ替わってしまった!?　若き有能な宰相リドリーは敵国の皇宮で呆然!!　元に戻る手段もなく、国交断絶中の祖国には帰れない――。まずは命を護るため、腕の立つ騎士団長シュルツを護衛に任命するけれど!?　無能皇子が一夜にして聡明な戦略家に変貌する、入れ替わりファンタジー開幕!!

夜光 花の本

好評発売中

「無能な皇子と呼ばれてますが中身は敵国の宰相です②」

イラスト✦サマミヤアカザ

元の身体に戻るには、まずは遠く離れた祖国に帰ること——そのためには国交回復だ!! 皆に侮蔑される豚皇子と入れ替わってしまい、地位向上を目指して奮闘する元宰相のリドリー。辺境を立て直し、市井に赴き民衆に顔を売り、帝国と祖国間の政略結婚をお膳立て!! ついには護衛騎士のシュルツとともに帝国代表として祖国への帰還を果たすけれど…!? 切望した己の肉体との対面の時、迫る——!!

夜光 花の本

好評発売中

「不浄の回廊」シリーズ1～3

以下続刊

イラスト✦小山田あみ

中学の頃から想い続けた相手は、不吉な死の影を纏っていた——。霊能力を持つ歩《あゆむ》が引っ越したアパートで出会った隣人は、中学の同級生・西条希一《さいじょうきいち》。昔も今も霊現象を頑なに認めない西条は、歩にも相変わらず冷たい。けれど、以前より暗く重くなる黒い影に、歩は西条の死相を見てしまう。距離が近づくにつれ、歩の傍では安心して眠る西条に、「西条君の命は俺が守る」と硬く胸に誓うが…!?

夜光 花の本

好評発売中

「君と過ごす春夏秋冬」

不浄の回廊番外編集

イラスト✦小山田あみ

超のつく現実主義者の西条《さいじょう》と霊が視える憑依体質の歩《あゆむ》は、同棲中の恋人同士。ところがある日、頑なに霊を信じない俺様の西条が別人のように激変!? 「愛してるよ歩。食べちゃいたいくらい可愛い」 まさか西条くんが変な霊に取り憑かれちゃった…!? 歩が霊能力の修行を決意する「キミと見る永遠」、その出立前夜を描く「別れの挨拶は短めに」など、甘くも波乱含みな日々が詰まった待望の番外編集♥